石田衣良
ISHIDA IRA

非正規レジスタンス

池袋ウエストゲートパークⅧ
IKEBUKURO WEST GATE PARK Ⅷ

文藝春秋

非正規レジスタンス――池袋ウエストゲートパークⅧ

▼

目次

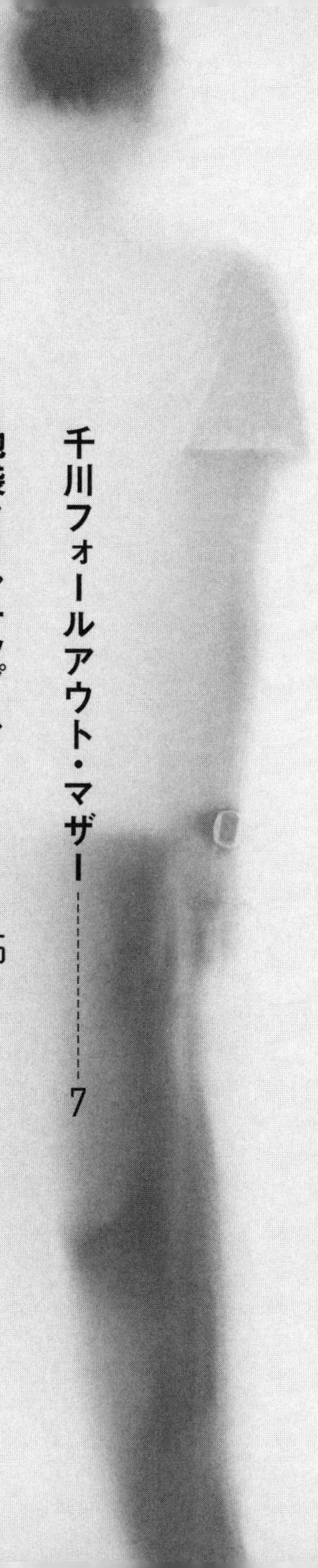

写真（カバー・目次）　新津保建秀
装幀　関口聖司
イラストレーション　永井　翔

非正規レジスタンス

――池袋ウエストゲートパークⅧ

千川フォールアウト・マザー

この世界には見えない家族っているよな。

壊れてしまったせいで、まるで汚物のようにディスプレイから隠されてしまう家族の話だ。そこにいるのに誰も気づかず、いくら悲鳴をあげても誰もきいてくれない。苦しみや貧しさはすべて家族の内側に押しつけられて、外に漏れだすこともない。そして、いつのまにか春の雪のようにきれいさっぱりと世のなかから消えていくのだ。ばらばらに空中分解するか、立ち腐れたまま溶けていく無数の家族。どれほど困っていても、救いの手などさし伸べられないのだから、それもあたりまえ。

そいつは例えば、おれんちみたいなシングルマザーの家族。おれはガキのころよく耳にしたものだ。いっしょに洟《はな》をたらして遊んでいると、ダチの親がこっそりという。あそこのうちはおとうさんがいないから、いっしょに遊んじゃいけません。あんたも悪い子になるよ。

そういう親は、おれにはひと言も声をかけて寄こさなかった。そこには自分の家のガキしかいないなんて調子。おれは見えない子どもなのだ。別にそんなことで、おれは傷ついたりしなかった。ただこの世界はそんなふうに人を判断するのかと思っただけだ。おれたちは誰もが他人に偏見をもっている。自信をもって偏見などないというやつは、自分には偏見などないのだという偏見をもっているだけだ。

今回は、池袋の裏街で歯をくいしばって生きてきたシングルマザーのお話。おれたちが戦後最長の好景気だと浮かれているあいだになにを切り捨ててきたか、そいつがあからさまに丸わかりになるネタである。

おれの話にはいつもほんのちょっとしか登場しないけど、うちのおふくろには熱烈なファンがいるらしい！　そんないかれたファンには朗報だ。なぜかといえば、この話ではおれよりもうちのおふくろのほうが大活躍するくらいだから。トラブルシューターなんて面倒な看板は、むこうに譲ろうかな。うちのおふくろはあからさまな時代の制約のなかで、なんとか生き延びた無教養なおばちゃんである。おれやあんたと変わらない。

けれど、そんなおふくろにおれはこの春、盛大に泣かされることになった。おれはマザコンじゃないし、口が裂けても育ててくれてありがとうなんていわないけど、まあ敵ながら、たいした女だ。おれのおふくろだから、そいつはあたりまえだけどな。

だが、この話のポイントは涙なんかじゃない。一度目は泣いてもらってかまわないが、二度目に読むときは怒りを忘れないでくれ。だって日本中にいるシングルマザーは、おれたちの手でなんとかできるはずなのだ。自立支援の名のもとに、自由落下にまかされた母と子たち。格差社会のコンクリートのどん底に無数の家族がクラッシュする音は、いかれたＢＧＭにまぎれて誰にもきこえない。

どんな家庭で育とうが、子どもは宝なんだろ。あの子どもたちが、この国の未来を背負うのは確かなのだ。山奥の道路や見栄でつくる空港じゃなく、あの子たちのためにもっと金をつかってやってくれ。頼むよ。

池袋の街には、あったかな冬から境目もなく春がきた。

雪らしい雪が一度もふらなかったなんて、生まれてから初めてのことだった。まあ、うちの果物屋の店先を雪かきしなくてすむから、おれには暖冬は大歓迎。地球環境より町内環境のほうが、おれにはずっと大事なのだ。

その点では春の池袋は平穏そのものだった。ときどき酔っ払った素人《しろうと》が大立ちまわりをしたが、そんなのは花散らしのそよ風と変わらない。ここは池袋の西一番街だからな。おれのほうは読書とコラム書きが順調といいたいところだが、書くほうはいつものように苦役そのもの。書けば書くほどむずかしくなるというのは、きっと言葉というものが神さまが生意気な人間にくれてよこした呪いだからなのだろう。腕組みをしながら、半日うなってるなんてしょっちゅう。あー、めんどくさい。

その日、おれは眠気を誘う日ざしのなか、店先でハッサクを積んでいた。子どものころから、売れ残りをよくおやつ代わりにしたものだ。酸っぱくて甘くて爽やかで、ハッサクって、いくらでもくえるよな。

タイル張りの歩道のむこうから、熱気でゆらめく陽炎《かげろう》のなか、母子連れがやってくる。母親のほうはよれよれのジャージ。きっと着たまま寝ているのだろう。スタイルは悪くないのだが、パンツのひざが抜けてしまっている。ぼさぼさの髪にすっぴん顔。きちんとメイクすれば、それなりに美人なんだろうが、くたくたに疲れてるって眠そうな表情である。

ガキのほうは三歳くらいの男の子。こちらも母親と同じノンブランドの安ものジャージを着て、やけに元気に歩いてくる。腰に巻いたベルトには犬の散歩につかうリードがついていた。遠くにいきそうになると、ゼンマイ仕掛けでひもを巻きとるタイプである。うまくできた発明品。

おれはいつもの母子を発見して、店の奥に声をかけた。

「おふくろ、きたよ。ユイとカズシ」

大貫由維と一志、そいつがシングルマザーとひとり息子の名前だ。おふくろは白いポリ袋に売れ残りを放りこんでいく。しぼんだハッサク、傷んだイチゴ、斑点だらけのバナナ。店先にでてくると手を振った。

「おーい、カズくーん」

カズシはおふくろに気づくと、獲物を見つけた猟犬のように駆けてくる。まあ、腐る直前がうまいというのは、肉も果実も同じである。女にかんしては、ノーコメント。おれはそんなに年上の経験ないからね。

ユイがかちかちと音を立てて、リードを引きもどした。三歳くらいの男の子というのは、自由なスペースを与えたらなにをするかわからない。ブラジル出身のフォワードみたいなものである。

「いつもありがとうございます。ほら、カズシ、お礼は」

カズシは両手をそろえて、頭をさげた。

「ども、ありがと、ございまちゅ」

かわいいじゃないか、狙ってるのか、このガキ。おふくろはちらりとおれを見ていった。

「男の子がかわいいのは五歳くらいまでだからね。こんなふうになると、ひとりででかくなったって顔してさ、かわいくないったらありゃしない」

そいつは余計なお世話。ユイは不活性ガスみたいに表情のない顔で、日ざしに目を細めている。

おふくろが心配そうにいった。

「だいじょうぶなの、あんた」

「夜勤明けで、きつくて。カズシは外に散歩にいきたいって、うるさいし」

おれはおふくろからきいていた。ユイは夜働いているらしい。昼間は子どもを保育園にでもあずけてのんびりしたいところだが、近所の園はどこも定員いっぱい。もちろん母親ひとりの働きでは保育園の費用もばかにならない。来年からは園にいけるように、貯金をしてるという。シングルマザーはたいへんだ。

ユイはなにかを思いついたようだった。

「そうだ、マコトくん。ちょっと頼みがあるんだけど」

おれは嫌な予感がした。おふくろのほうを見る。敵は絶対王政の君主のようにあごの先だけで、おれに命じた。

「いってきな、店はあたしが見てるから」

こうして、この春最初のトラブルにおれは巻きこまれることになった。自分の過去に重ねているのだろうか、うちのおふくろはシングルマザーに弱いのだ。

春の西口公園は、じつにのんびりしたものだった。ハトも野良猫も会社員も、日なたぼっこに余念がない。人間だって自分だけ偉そうにしているけれど、同じ生きものに変わりはない。あたたかな太陽の光を浴びる心地よさは、その他大勢の動物とまったく同じようだった。

カズシはリードをはずされ、円形広場の石畳を風に転げるソメイヨシノの花びらを追っかけていた。白いさざなみがウエストゲートパークを走っていた。遠くの木は八割がた葉ザクラになっている。おれの声は不機嫌そのもの。

「頼みって、なんだよ」

ユイはジャージのポケットから、タバコをだして火をつけた。憎らしいくらいうまそうに煙を吐く。

「ようやくカズシも三歳になったよ」

おれは風に舞う花びらと遊んでいるガキを見た。おもちゃとじゃれる子猫。

「それが、どうした」

生まれて三年たてば誰だって、三歳になる。そんなものじゃないだろうか。ユイはいきなり両手をあわせて、おれに頭をさげた。

「お願い。明日なんだけど、カズシの面倒みてくれないかな」

「絶対無理」

ユイはうわ目づかいで、おれの様子をうかがった。

「マコトくん、どうして」

「悪いんだけど、明日は雑誌のコラムの取材で、人と会う約束があるんだ。そいつは二週間もまえから決まってるスケジュールで、絶対に動かせない」

七〇年代のパンクロックのアナログ盤専門店をヒットさせた池袋の起業家の取材だった。今では都内に五軒も店をもっているという。いまだに金色の髪をつんつんに立てた四十男。

「そうかあ、困ったな。もうカズシもひとりでごはんたべられるようになったし、ひとりでDVDも見られるし、そんなに手はかからないんだけどな」

「そうなんだ」

おふくろなら、インタビューをキャンセルしても、カズシの面倒をみろといったことだろう。ある意味、そっちのほうが正解だったが、そのときのおれにそんなことがわかるはずもない。

「なんの用があるんだ」

ユイはため息をつくようにいった。

「コンサート。若いころ好きだったアーティストの」

ユイとおれの年はそれほど変わらなかった。だが、このシングルマザーはもう自分のことを若くはないと思っているのだろう。できちゃった結婚で子どもを生み、離婚して、ひとりで苦労しながら子どもを育てる。そいつは青春をすり減らすグラインダーのような日々なのかもしれない。

「わたしさ、カズシとふたりで暮らしたこの二年間、一日も休みがなかったんだ。夜は仕事で、昼は育児。友達からチケットが一枚あまってるからって、急に誘われたんだよね。でも、わたしが息抜きするのは贅沢なのかな」

おれもしんみりしてしまった。

「ユイのところの実家には頼めないのか」

カズシの母親は深々とタバコの煙を吸いこんだ。

「ダメだよ。うちの両親も離婚してるもん。おかあさんは働いてるから、カズシのことは頼めない」

「そうか、力になれなくて、ごめんな」

ユイは盗むような笑顔をさっと見せる。

「いいよ。ちゃんと話をきいてくれるだけ、マコトくんはましだから。世間のだいたいのやつは、話もきいてくれないし、目をあわせようともしない。わたしたちなんて、いないみたいなんだよね」

透明な家族がこうして、できあがっていく。おれは円形広場を駆けまわる男の子を眺めているだけだった。カズシは手を打ち、花びらをつかみ、転んでべそをかいている。ほんとうにこの子はここに存在していないのだろうか。

透明な男の子を、おれはしびれたように見つめていた。


つぎの日は予定どおり取材にいった。場所はホテルメトロポリタン一階のカフェである。内容は可も不可もないもの。たまたま仕事がうまくあたったりすると、中年男って天下をとったような顔をするよな。おれはロッカー崩れの金髪に、適当に調子をあわせていただけ。

だから、市場を休んださらに翌日、おれはびっくりすることになった。おふくろの声でたたき起こされたのである。枕から頭をあげると、おふくろはおれの四畳半で新聞を広げていた。傷だらけの学習机にね。

「マコト、おまえ、おとといユイちゃんに、なに頼まれたんだ」

ほとんど怒鳴りつけるような声。

「うるせえな、朝から。こっちはテープ起こしで、睡眠不足なんだ」

睡眠時間は三時間である。死刑執行人のような目でおれを見て、おふくろは新聞をこちらにむけてみせた。全国紙の地域面、うちは池袋なので城北版だ。

「なんなんだよ、ユイが新聞にのるわけないだろ」

「いいから、読みな」

おふくろが指さしたちいさなベタ記事に目をとおした。

三歳児バルコニーから転落　　豊島

9日午後7時ごろ、豊島区千川1丁目で大貫由維さん（22）の長男・一志ちゃん（3）が、誤って3階にある自宅バルコニーから転落した。歩道沿いの植栽に落ちたため、右腕の打撲のみと軽傷。事故当時、母親の由維さんはコンサートのため外出中だった。大貫さん宅はふたり暮らしで、一志ちゃんはバルコニーに置いてあった洗濯機に登って遊んでいるうちに手すりを越えたものと思われる。

読み終えるころには、おれは布団のうえで正座していた。しまったと思った。おれが取材を飛ばしていれば、こんなことにならなかったのに。

「なんだい、その記事の書きっぷりは。シングルマザーがコンサートにいってなにが悪い」

考えてみたら、おれがガキのころから、うちのおふくろは芝居や映画のレイトショーによく足を運んでいた。おれは大人は夜遊ぶものだと早くから思っていたのだ。そんな晩はテレビでも見ているか、早く寝るに越したことはない。

「マコト、あんた、ちょっと様子を見てきな」

両手を腰にあてて、すごい剣幕でおれにいった。こうなるとうちのおふくろは、池袋の三大組織のトップよりもおっかない。

「わかったよ」

そういって、おれは朝がたに脱いだばかりのジーンズに脚をとおした。


千川は地下鉄有楽町線で、池袋からふたつ目。板橋区との境にある街だ。びっしりとマンションや住宅がならんだごく普通の住宅街である。格差社会の凸凹をならして東京の平均値をだしたら、きっとこんな街になるんじゃないかという感じ。おれはおふくろからきいた住所を確認しながら、細かな道路を折れ曲がっていった。

電柱についた標示板から見つけたのは、マンションとコーポの中間くらいの建物。元はきれいだったはずの外壁のタイルには赤錆のような傷が浮いていた。三階建てだがエレベーターはない。

磨り減ったコンクリートの階段をあがっていく。おれは表札のはいっていないユイの部屋のチャイムを押した。

一度鳴らしても返事はなかった。二度目を押すと、獰猛《どうもう》な声がもどってくる。

「うるさいんだよ。週刊誌の記者だか、なんだかしらないけど、あんたにうちの親子のことをなんで話さなきゃいけないんだ。どうせ、わたしは鬼母だよ。好きなように書いたらいいじゃないか」

なにかものを投げつける音がきこえた。静かになったのを確認して、おれは冷静にいう。

「マコトだ。おふくろにいわれて、様子を見にきた。ユイ、だいじょうぶか」

しばらくなんの返事もなかった。ペンキを塗り直した安手のスチール扉が、内側から爆発するように開いた。ノーメイクのユイが泣きながら、玄関に立っている。おれは手にさげたポリ袋をあげてみせた。

「イチゴとハッサクとバナナ。カズシの好きなフルーツだ」

玄関の扉が閉まると、ユイはおれに抱きついてきた。身体が震えている。おれの胸になん粒か涙が落ちた。

「もうどうしたらいいか、わかんないよ。ちょっとだけでいいから、マコトくんの胸で泣かせて」

おれはぼろぼろになったシングルマザーの肩を抱いて、昼間でも夜のように暗い玄関で立ち尽くしていた。

部屋は1DKだった。あがってすぐに四畳半のダイニングキッチン。ガラス戸をはさんで、六畳の和室がある。ものはあふれているが、きれいに片づいていた。カズシは居間のテレビで古いアメリカのアニメーションを見ている。「トムとジェリー」はいまだに新鮮。おれたちは和室で微妙な距離をおいて座った。座布団はない。おれはサッシのむこうの洗濯機に目をやった。

「あれか。カズシがのぼったの」

目を腫《は》らして、ユイがこたえる。

「そう。わたし、昨日はどうしてもいきたかったんだ。二年もがんばったんだから、一日くらい息抜きしても、バチはあたらないはずだ。カズシもちょうど昼寝してるし、大好きなおかかのおにぎりと冷めてもおいしいコーンスープをつくって、そこのテーブルのうえにおいていった」

「そうか」

おれはカズシを見た。右腕の肘《ひじ》のところに包帯がまいてあるが、様子はいつもと変わらなかった。間抜けなトムが、ジェリーに鼻面《はなづら》を一発やられるたびに、自分もいっしょに跳びあがっている。おれのほうをむくといった。

「どうして、トムばかり、やられちゃうの」

おれたちが暮らす社会では、なぜいつも同じやつばかりがパンチをくらうのか。そんなことはおれにもわからなかった。

「どうしてだろうな、カズシ。いつか、おまえが大人になったら、そうじゃない世界をつくってくれよ」

そのときダイニングの電話が鳴りだした。ユイは立ちあがると、テーブルにおいてある電話をとり、ひと声だけきいて力なく切った。受話器をはずしたまま、もどってくる。

「朝から取材とののしりの電話ばかりだよ。母親失格とか、おまえが死ねとか、そんなことだから日本がダメになるとか。わたしがいつ日本をダメにしたのか、教えてもらいたいよ」

かさかさに乾いた声で、ユイは自分を笑ってみせた。おれにはいうことなんてなにもない。

「カズシを風呂に入れて寝かしつけてから、毎晩夜十時に、王子にある工場にいく。コンビニの弁当をつくる工場だよ。そこでずっと立ちっ放しで、調理と弁当づめ。朝の五時までずっと。帰ってくると、カズシに朝ごはんをつくってやる。昼のあいだは横になって仮眠をとりながら、カズシの相手をするんだ。食事をさせて、風呂にいれて、遊んでやり、絵本を見せる。どうしても眠いときは、アニメのDVDを流したりしてさ。そのあいだに九十分とか、盗むように眠るんだ」

ユイの顔は廃墟のようだった。希望はすべて燃え尽きてしまった、そんな感じ。おれはなにかいわなければいけないと思い、バカなことをいった。

「時間のゆとりなんて、ぜんぜんないんだな」

またユイは自分をあざ笑ってみせる。

「ゆとりがないのは時間だけじゃない。お金だってぜんぜんないよ。週に五日徹夜で働いて、月に十六万円とすこしだもん。契約社員なんて、そんなもん。そこから税金とか保険とか引かれるんだ。ここの家賃だって七万はするから、これ以上なにを節約したらいいのかわかんないよ。毎月一円も残んないんだから」

そうやって二年間がんばって、一日家を空けただけで母親失格といわれる。この世界のどこかが根っこから間違っているのだろうが、おれにはそいつを直すことなんてできなかった。ケーブルテレビのお気にいりのアニメが終わったようだ。カズシがこちらをむいて、立ちあがった。甘えた声をだす。

「ママー、ママー、お腹すいた」

ユイは空《うつ》ろな目で、おれのほうを見た。この家の昼めしの献立を見るのが、おれはなんだか恐ろしかった。ついいってしまう。

「なあ、三人で昼めしくいにいかないか。近くのファミレスにでも」

カズシはファミレスという言葉に異様に興奮した。

「ファミレス、ファミレス、お子さまランチュ、オレンジジューチュ、アイスクリン」

五百八十円のお子さまランチが、この子にとって最高の贅沢なのだ。おれは見ていられなくなって、玄関にむかった。

「先に外にでてる。用意をしてくれ」

まだファミレスと叫んでいるカズシを残して、おれは外廊下にでた。コンクリートの手すりにもたれる。顔をだして、したを見た。高さは十メートル近くあるだろう。昨日の夜、この高さからあの子は落ちたのだ。バルコニーとは違い、こちらの地面は駐車場で、古いアスファルトが黒々と固まっていた。あの子が死ななかったのは、ただ運がよかっただけにすぎない。

おれはぼんやりと青い春の空を見あげて考えた。すくなくともあの空のうえにいる誰かは、最低限のセーフティネットを用意してくれたのだ。まあ、母親のほうにはそんなものは誰もさしだしてはくれないのかもしれないが。

ユイはおれの目のまえで、自由落下の最中だった。あのシングルマザーがクラッシュする地面は、コンクリートだろうか、緑の芝生だろうか。悪いほうの可能性が高かったが、それ以上おれはなにも考えないようにした。

ファミレスのソファ席で、好きなものをカズシにたっぷりとくわせてやった。身体は細いのだが、どこにはいるんだろうという勢いで、カズシはキッズメニューを平らげていく。ユイはしみじみといった。

「やっぱり、男の人がいるっていいね」

「まえのダンナは？」

たべたばかりのラザニアを吐きだしそうな顔をした。

「あんなやつは最低だよ。できちゃった婚でも、責任をとるというところまではよかった。だけどまじめに働くなんて決心は半年しか続かなかったもん。トラックの運転手をしてたんだけど、辞めてからは金もないのに、パチスロばっかりやっていた。ほんとに金がないとき、わたしが残しておいたカズシのミルク代までもっていったからね」

おれはカズシのオレンジジュースをひと口のんだ。最近のファミレスでは、しぼりたての生ジユースがでる。食物繊維も残っていて甘すぎず、実にうまい。

「養育費はもらってるのか」

鼻を鳴らして、ユイはいった。

「そんなものまともに払うやつなら、離婚なんてしてないよ」

「じゃあ、ゼロ？」

ユイはうなずくと、いら立たしげにウエイトレスを呼びとめた。

「タバコある？　なんでもいいから」

届けられたタバコのパッケージを裂くと、三歳の男の子が食事をしているとなりで、盛大に煙をあげた。おれはつい口にした。

「ユイは家のなかでもそんなふうに吸ってるのか」

爪をかみながら、シングルマザーはこたえる。

「まあね。タバコ以外のストレス解消法って、ほかにないから」

「だったら、空気清浄機とかつけておけば。冬のあいだはそんなに換気もしないんだろ。カズシによくないぞ」

にっこりと笑って、ユイはいった。

「そんなものを買う金がどこにあるの。生き延びるだけで精いっぱいなのに。でも、心配はご無用だよ。あのおんぼろマンション、すきま風がたくさんはいるし、わが家は冬場は着ぶくれて暮らしてるから。暖房は電気代が高くなるから、あんまりつかわないんだ」

カズシは母親がなにか気のきいたことをいったと感じたのだろう。口のなかをハンバーグでいっぱいにして、意味もわからずにうんうんとうなずいた。母親のことを信頼して、天使のような目で見あげている。これ以上おれにはいうことなんてなかった。

なんとかこの母と子の幸福を祈るだけ。


困ったことがあれば、うちのおふくろに会いにくるようにと最後にひと言いって、おれたちはファミレスのまえで別れた。カズシの両手には、マーブルチョコとハイチュウがにぎられている。何度振り返っても男の子は手を振って、こちらを見つめていた。

西一番街にもどると、おれはさっそくすべてをおふくろに報告した。契約社員の給料と養育費を払わない元夫の話をきいたときには、おふくろは顔をしかめた。

「そうかい。なにかしてやれることがあればいいんだけど」

おれはおふくろの目を見た。めずらしいことに、おふくろがおれから目をそむける。なにもしてやれないことは、おれたちにはよくわかっているのだった。


それから数日は静かにすぎた。世はすべてこともなし。おれは店先のCDラジカセで、いつものように音楽をきいていた。この春のテーマは、『アンナ・マグダレーナ・バッハのための音楽帖』。大バッハが十六歳年したの二番目の妻アンナのレッスン用に書いた曲である。自分の家庭むけの実用品の音楽でも、すごいメロディがむやみに投げこんであるところが、さすがにバッハ。

こういうのをほんとうのハウスミュージックというのかもしれないな。

そのあいだ、ユイはうちの店に顔をださなかったし、つぎの転落事故も起きなかった。だから翌週になって、ユイがカズシを連れてやってきたときは、別人かと目を疑うことになった。

シングルマザーは初めてミニスカートをはいてあらわれたのだ。今年流行のメタリックカラーのマイクロミニに白タイツ。うえは胸元の深くあいた白のVネックのカットソー。なにより驚いたのは、黒かった髪が明るい茶色に染められていたこと。

「どうしたんだ。ずいぶんイメチェンしたな」

ユイは派手な声をあげて笑った。

「ようやくわたしにも運がむいてきたみたい。マコトくん、そこのメロンちょうだい」

マスクメロンはうちの四番バッターだ。専用の木箱にはいって、ひとつ五千円はする。

「なにがあったんだよ」

ユイはぴっちりとメイクをすませた顔で、にっと笑った。

「ちょっといいこと」

なんだかわからないが、ユイが明るくなったのは悪くはなかった。おしゃれって生きる意欲のあらわれでもあるからな。おれはメロンの箱に二色重ねにしたリボンをかけてやった。紅白のリボン。こう見えてもおれは手先が器用だ。

店先にもどり、ユイから金を受けとった。売りもののバナナを一本ちぎって、しゃがみこむ。カズシの頭に手をのせて、おれの動きはとまった。母親のほうは明るいのに、息子のほうは冴えない表情。おどおどと落ち着かない視線が、バナナとユイのあいだをいききする。これがほんの何日かまえまでは、天使のような目で母親を見あげていた子なのだろうか。

「どうした、カズシ。いつももらってるだろう、ほら」

バナナをさしだしてやると、ようやく安心したようにちいさなてのひらでにぎりしめた。声はききとれないほど細い。

「ありがと、ございまちゅ」

この暗さはいったいなんなんだろう。ユイは子どもの様子を気にかけずにいった。

「マコトくん、おかあさんは？」

「今ちょっとでてる」

「そう、だったらよろしくいっておいて。それといつもありがとうって、これをわたして」

ルイ＝ヴィトンのちいさなショッピングバッグをさしだした。

「なに、これ」

ユイは照れたように笑った。ぶっきらぼうにいう。

「ヴィトンの財布」

「そんな高級ブランド、どうしたんだ」

「いいから、いいから。ちょっとお金がはいってね。さあ、カズシ、いくよ」

そういうとミニスカートの母は男の子の手を引いて、西一番街の路上を歩きだした。見えなくなるまでに、カズシは何度もおれのほうを振り返った。なにかいいたいことがあったのかもしれないが、カズシには言葉が見つからないようだった。

その日の夕がた、おふくろが町会の用事からもどった。うちの店先でカバンもおかずにいった。

「マコト、おまえ、しってるか」

おれはもう連続六時間も店番をしていたので、いいかげんフラストレーションがたまっていた。相手の話をきくまえにいった。

「しらないよ。それより、こいつ。ユイからだ」

プレゼントをおふくろにつきだした。おふくろは高級そうな紙袋をちらりと見て、リボンをとき、小箱を開いた。モノグラムの財布がでてくる。

「どういうことだい、これ」

「おれだってしらないよ。なんでも、ちょっといいことがあって、金まわりがよくなったみたいだ。くわしくは教えてくれないけど。ユイにしてはめずらしくミニスカートはいてた」

おふくろは険しい顔になった。財布を投げこむように紙袋にもどした。

「やっぱり……」

「やっぱりって、なんだよ」

「だから、いったじゃないか。マコトしってるかって。さっき北口にあるパチンコ屋で、ユイさんを見かけたんだ。カズシは連れていなかった。いっしょにスロットのコーナーにいたのは、見たことのない男だよ」

急に派手になった服とメイク。どうやら金まわりも悪くはない。男のせいだったのか。

「金をもってるやつとしりあったんなら、いい話じゃないか」

おふくろは腕を組んだ。厳しい顔のままいう。

「あたしはたくさんの男を見てきた。だいたいダメなやつはにおいでわかるんだ。あの男はユイさんにとっても、カズシにとってもよくないにおいがする。ねえ、マコト、あんたって腕利きのトラブルシューターなんだろ」

おふくろからそんな単語をきくのは初めてだった。そいつはいつ童貞を失ったのかときかれるのと同じくらいはずかしい言葉だ。おれの返事は街のＢＧＭにまぎれるくらい細くなった。

「わかんないけど、そんな感じ」

「だったら、依頼人はあたしだよ。ユイさんの相手がどんな男か確かめてきておくれ」

「えー……そんな」

おれは恋愛や浮気関係のトラブルは受けたことがなかった。そういうのは街の興信所の仕事だよな。しかも、女のほうがしりあいではやりにくいことが山盛りだ。

「がたがたいってないで、すぐにいく。男はまだあの店にいるはずだ。さっさといってきな」

おふくろは早口で男の特徴を話しだした。おれはあわてて店の奥にもどり、手帳にそいつを書きとめることになった。なあ、うちのおふくろが恐ろしいのは、人づかいの荒さだけでも十分にわかるだろ。


池袋駅北口の正面にパチスロパーラー「ギルガメッシュ」はある。真新しい八階建ての大型雑居ビルの一階すべてを占めているのだ。新規開店の店らしくガラス張りのフロアは明るく、外の通りからでもなかをよく観察することができた。

ショーウインドウのように新型機種がならんだ特等席は、女性客むけのサービスコーナーのようだった。夕がたなのに若い女がたくさんむらがっている。その左から三番目に、ユイの背中が見えた。おふくろがいっていた男の姿はない。ユイはタバコを片手にパチスロのボタンをリズムよく押していた。どうやらユイはセミプロ級の腕前。目を読むことができるようで、足元にはメダルでいっぱいの千両箱がふたつ積んであった。

別れた亭主のパチスロがよいをあれほど嫌っていたユイなのに、おかしな話だった。おれは人を待つ振りをして、携帯電話を開き、ガードレールに腰をおろした。池袋の駅まえにはなにをやってるのかわからない人間がいくらでもいるから、別に目立つこともない。

しばらく見ていると、春ものの白い革ジャンを着た三十すぎの男がやってきた。したはダメージジーンズだ。手には缶コーヒーをふたつ。プルトップを開けて、ユイに手わたす。振りむいた横顔だけで、ユイがその男にいかれているのがわかった。若い母親はとろけそうな表情をしている。

男がなにか冗談をいったようだ。ユイははにかんで笑った。男の髪は長い。そいつを整髪料で無造作にオールバックにしている。乱れた髪が額に落ちていた。決してハンサムというわけではないが、崩れた色気のある男。

おれはガードレールを立ち、店のウインドウに近づいていった。携帯をかける振りをしながら、正面にかまえる。男の全身を撮影した。それから限界までズームアップして、顔を狙う。最近の携帯電話のカメラはバカにならなかった。男の人相は十分なクリアさで、ちいさな液晶画面に収まった。

それから、おれはパチスロパーラーを見おろす通りのむかいのカフェで張ることにした。

それにしても、この時間カズシはどこでなにをしているのだろうか。三歳の男の子の姿はまったく見えなかった。


退屈だったので、おれは男の写真を添付ファイルで送った。あて先はサル。関東賛和会羽沢組系氷高組の渉外部長だ。やつは当然のことながら、池袋の裏には詳しい。メッセージはなにもつけなかった。面倒なので電話もしない。

アイスコーヒーの氷が溶けるころ、おれの携帯が鳴った。サルは最初からテンション最高。

「マコト、おまえ、どういうつもりだ」

おれはパチスロ店を見た。ユイとオールバックはまだ動かなかった。きっといい波がきているのだろう。千両箱がもうひとつ増えている。

「別になんのつもりもないけどな」

なにかをかきむしる音がする。サルなので、毛づくろいでもしているのかもしれない。

「ふざけるな。わけのわからん男の写メなんか送りつけやがって。気になってしょうがないだろ。電話もよこさない、説明もないじゃ、意味不明だろうが。おまえはいつも池袋の最新トラブルをかぎつけるんだ。気にならないはずがないだろ」

あの男がトラブルなのだろうか。それよりもユイの二年間のほうがずっと難問続きの気がした。

「サルはその男に見覚えはないか」

「ないな。だが、この店北口のギルガメッシュだろ」

「そうだ。なぜ、わかる？」

「うちがみかじめをとってる店だ」

おれはそれからユイとカズシの話をしてやった。それにこの数日であらわれたオールバックの三十男の話も。最後にとっておきのネタをばらしてやる。

「今回の依頼人は、絶対にしくじれない相手なんだ」

「京極会でも、羽沢組でも平気なおまえがな。いったいどれだけやばい筋なんだ」

おれは深呼吸をして、声を震わせた。

「うちのおふくろ」

サルは笑った。おれは不愉快な高笑いに二十秒間耐えた。

「だったら、おれもちゃんとやらないとな。おまえのおふくろさんには、ずいぶん世話になってるから」

むこうの世界でも、うちのおふくろは有名人だった。なにもガキのころ、サルにパイナップルの串をただでくわせてやっただけの恩ではない。

「わかった。頼むよ。シングルマザーというと、うちのおふくろは目の色を変えるんだ」

「この男、写真だけ見ても、すけこましの雰囲気があるな。うちで風俗に詳しいやつと、そっちがメインの豊島開発にあたってみる」

「サンキュー、助かる」

サルはいきなり改まった声をだした。

「なあ、マコト。おふくろさん、大切にしてやれよ」

いったいどうしたんだろうか。サルにしてはめずらしく真剣だ。

「なんなんだよ。気もち悪いな」

「おれ、中学のとき、おまえのおふくろさんと話したことがあるんだ。ケンカばかりして、池袋署の少年課にしょっちゅう引っ張られてたおまえのことを、おふくろさんはこういっていた。あの子はいつか自分のためでなく、人のために働くようになる。この街を守るいい男になるってな」

初耳だった。顔を見ればおれに文句ばかりのあのおふくろがね。

「いい男かどうかはともかく、あとはマコトはおふくろさんのいうとおりになった。おれのしってる数すくないサクセスストーリーだな。じゃあ、また」

かかってきたときと同様、サルの声は急に切れてしまった。おれは携帯が大嫌いだが、突然こんなやりとりがやってくるから手放せないのかもしれない。


しばらくして、ユイと男はパチスロから離れた。メダル交換の時間があるのであせる必要はないが、おれはあわててカフェをでた。あたりは暗くなり始めている。池袋の街のネオンサインが毒々しくきれいだった。

ユイは男の腕にぶらさがるように歩いていく。もちろんシングルマザーにも女の顔はあるのだろう。おれにはどこかにいるはずのカズシの顔が浮かんでしかたなかったけれど。そのまま西口五差路までいくと、ユイは男と別れた。地下鉄の階段を名残惜しそうにおりていく。今夜も生活のためにコンビニの弁当をつくりにいくのだろう。そうすると、昼間の貴重な睡眠時間を削って、ユイは男とデートしたことになる。身体のほうはだいじょうぶなのだろうか。

おれは男のあとをつけた。革ジャンのポケットに手をいれて、やつは調子よく歩いていた。ネオンの海に浮かぶクラゲのようだ。西口の風俗街にむかった。女と会ったあとで風俗にいく。なんてタフなやつなんだろうと、おれはちょっと感心した。

やつがはいっていったのは、池袋二丁目にある全館その手の店がテナントにはいった風俗ビル。だが、やつはほかの客とは違って、従業員用の通用口を抜けていった。おれはビルの正面にもどって、ネオンの看板を読んだ。

一階は「楽園ヘルス　フェラガール」、二階は「イメクラ　大人の保育園」、三階は「人妻ヘルス　おふくろさん」。そこまで読んで、おれにはピンときた。あの男の商売とユイに近づいた理由がである。

池袋に生まれて、おれはガキのころから女をシノギにする男たちをたくさん見て育った。まあ、あまり自慢できることじゃないが、そっちのほうの基礎教育は十分だったってわけだ。

あの男が風俗店に女を紹介するスカウトマンなら、こいつは通常の外まわり。あまり長居することはないだろうと踏んで、おれはそのまま待つことにした。まだ晩めしまでは時間がある。おれは空っぽのゴミバケツがならんだ風俗ビルの通用口で携帯を開いた。ユイの番号を選ぶ。元気な声が返ってきた。

「なあに、マコトくん。今、カズシの夜ごはんでいそがしいんだけど」

よかった。あの子はすくなくとも食事はあたえられているようだ。

「いや、たいした用事じゃないけど、うちのおふくろが、ユイがけっこういい男を連れて歩いているのを見たっていうからさ」

ユイは華やかな声をあげて笑った。

「へへへ、もうばれちゃったんだ。池袋って狭いね」

あたりまえだ。駅まえの繁華街は新宿の数分の一しかない。おれは風俗ビルのネオンを見あげていった。

「よかったじゃないか」

「マコトくんも、ちょっと妬《や》ける？」

相手に適当にあわせておいた。

「妬けるというより、気になるな。だけど、昼は育児で夜は仕事だろ。いったいどこで出会ったんだ」

電話のむこうで、カズシ髪の毛にごはんがついてる、という声がきこえた。ふたりだけの微笑ましい夕食の景色。昔のおれんちみたいだ。ユイの声がもどってくる。

「ここだけの話、今月すごくやばくてね。金が足りなくて、ピンチだったんだ。それで封印を解いちゃった」

「なんだ、それ」

ユイは得意そうにいった。

「元ダンナがパチスロ好きだったといったでしょう。でも、あんなヘナチョコよりわたしのほうがずっと腕はよかったんだよね。目も勘もいいし、テクニックもある。それでこのまえ、軍資金をもって金を拾いにいったんだ。北口のパチスロ屋に」

パチスロパーラー、ギルガメッシュ。線がつながってくる。

「そこで、ユイは男に声をかけられた」

「そう。ぼろぼろのジャージ姿のわたしに、あの人がいったんだ。どうやったら、そんなに稼げるんだ。ちょっと目押しをやってくれって。わたしは最後の7をだしてやった」

あとはだいたい想像がついた。だが、ユイは思いもかけないことをいう。

「いっしょにお茶をすることになったんだけど、あの人きちんとわたしの話をきいてくれるんだよ。子どものこと、仕事のこと、それに……」

「なんだよ、いってみろよ」

ユイが吹っ切れたようにいった。

「マコトくん、そのいいかた、あの人とそっくり。わたしは話したんだ。このまえの転落事故のことやそのあとの嫌がらせ電話のこと。ついでに離婚して二年間男と一度もデートしてないことなんかも」

生活に追われてぎりぎりの毎日である。デートどころの騒ぎじゃなかったのだろう。おれはしんみりしてしまった。

「どんなにつらくても、誰もわたしの話なんてきいてくれなかったでしょう。それで、ぐらりときちゃったんだよね。実は年うえってあんまりタイプじゃないんだけど」

さすがにプロの風俗スカウトだった。女の弱みをつくのがうまい。

「なにやってる人なの」

ユイの声は明るかった。

「バーテンダーとかウエイターとか、夜の店で働いてるっていってたけど、まだよくわからないや」

「そうか、ならいいんだ。ほら、うちのおふくろがユイのこと心配してるから、電話してみろってうるさいんだよね。それで久々のボーイフレンドの名前はなんていうんだ。したのほうだけでもいいから、教えてくれよ」

シングルマザーは甘い声をだした。

「はずかしいなー、シンジさんっていうんだ」

「苗字は？」

「秘密」

おれはまたうちの店で会おうといって、通話を切った。やっていられない切ない会話。見あげた夜空に張りだしているのは、ピンクのネオンサインだった。

人妻ヘルス　おふくろさん。

シンジは二十分とたたずに風俗ビルからでてきた。

そのころにはおれも張りこみにだいぶうんざりしてきていた。だいたいテレビの二時間ドラマなんかじゃ時間が縮めてあるけど、実際の張りこみにはむやみに時間がかかるのだ。ただぼんやりとしているだけの無為の時間だ。仕事ならともかく、おれみたいなアマチュアにはとても忍耐が続かない。

おれはシンジがこのまま自分の部屋にでも帰ってくれないかと念じながら、やつの背中を追った。やつはカラオケ店やのみ屋の客引きを縫うようにして、駅のほうへもどっていった。おれは財布のなかのカードを確かめた。こんなときのために通勤もしないのに、おれはＪＲのＳｕｉｃａとメトロのパスネットをもっている。

だが、シンジは改札にはむかわなかった。やつが舞いもどったのは、またもパチスロ屋。北口のギルガメッシュだ。こいつもユイの元ダンナと同じで、かなりのパチスロ中毒のようだった。閉店まではまだ二時間以上あった。今日一日の成果としては、もう十分だろう。

足を棒のようにしたおれは、そのまま西一番街に帰ることにした。


「ふーん、そういうことかい」

店の奥でうちの司令官に報告した。おふくろは腕を組んだまま、うなるようにそういった。おれはバッハの音楽帖をかけた。穏やかなメヌエットが流れだす。夜の池袋と明るいバロック、このアンバランスな感じがいいよな。おれは音楽に首を振りながらいった。

「さて、どうするかな」

おふくろはぴしゃりと間をおかずに返事をした。

「どうもこうもないよ。ユイちゃんを風俗なんかに落としてたまるかい。その男の化けの皮をひっぱがしてやる」

おれは風俗だって、立派な仕事だと思う。人にいばれるようなことじゃないが、別にはじる必要もない。だが、女であるおふくろには別な考えがあるようだった。

「マコト、そいつに近づいて、もうすこし深くさぐってきな。そんなやつにカズシの大切な母親をわたしてたまるかい。ユイちゃんにはあの子がいるんだよ。わかったね」

アイ・アイ・サー、ご主人さま。わが家ではおふくろの命令は絶対だ。それにおれだって、あんなパチスロ中毒の風俗スカウトに、ユイとカズシの未来を売り飛ばすのは断固嫌だった。


つぎの日から、おれはおふくろに軍資金を借りて、ギルガメッシュに詰めることになった。ユイがいない夜の時間である。その店はシンジにとって自宅のようなものだった。ほとんど毎日いりびたっているのだ。

やつに声をかけたのは、三日目のことだった。おれはパチスロに興味もないし、目押しなんてできないから、じりじりとメダルを減らしていた。音楽はパソコンのなかだけでつくられた安手のハウスミュージック。スカウトのとなりのスツールに座る。やつはちらりとおれのほうを見た。おれは気のいいチンピラの振りをした。

「調子いいみたいですね、あにさん」

やつの足元には千両箱がひとつ。やつは無言で鼻の穴だけ広げ、うなずいてみせた。

「ここ何日か見てますけど、毎日勝ってますよね。さすがだなあ」

実際には、前日やつは沈没していた。手荒にスロットマシーンをなぐりつけていたのである。まんざらでもなさそうにシンジはいった。

「まあな、おまえはなにやってんだ」

おれは頭をかいてやった。すこし足りない男の振り。こいつはおれの場合、演技じゃなくて、自然にできる。素に近い役だからな。おれは賭けにでることにした。

「まだなんにも。豊島開発のつかい走りで、たまに用事を頼まれることもありますけど」

豊島開発という言葉でスカウトの目が光った。西口の風俗街の半分はあそこのもちものだから、それもあたりまえか。

「ふーん、そうなのか」

「あの、あにさん。スロットの奥義を教えてもらえないでしょうか。お近づきの印にいっぱいおごらせてもらいますから」

へたくそほど人に教えたがる。そいつはどんな世界でも同じだよな。

おれたちがいったのは、北口の先にある居酒屋だった。個室がたくさんつくられた流行のスタイル。しばらくはパチスロと池袋の風俗の話で盛りあがった。最近は客引きが禁止されたが、その代わり無料案内所とネット広告がのしている。自宅で割引券をプリントアウトして、店にいくって、なんだかなあ。

小一時間ほどたって、中ジョッキ二杯と芋焼酎のグラスが空いたころ、おれはそっと用意していた質問を手放した。ダンガリーのシャツの胸ポケットに手をいれた。百円ライターほどのＩＣレコーダーの録音スイッチを押す。

「シンジさんは昼間はなにしてるんですか。さっきからきいていると、やけにこの街の風俗に詳しいみたいだけど」

やつはまた鼻の穴を広げた。自分の胸を指さしていった。

「この街の風俗で働いていておれをしらないやつはモグリだ。売れっ子の女はほとんどおれが紹介してるからな」

「へー、すごいですね。尊敬しちゃうな。どうやったら、いい女を風俗に落とせるんですか」

やつは冷やしトマトを口に放りこんで、にっと笑った。誰かの歯ぐきについたトマトの種って吐き気がするほど汚いよな。

「落とすんじゃねえよ。むこうのほうが落ちたがってるんだ」

「そんなもんですかね」

シンジは余裕の表情で、焼酎のロックをのんだ。

「ひと言でいえば、苦しんでる女、困ってる女を探せばいい。シングルマザーなんて、どんぴしゃだな」

おれはテーブルのしたで、こぶしをにぎった。ここでこの男をなぐれたら、どんなにいい気分だろうか。平然という。

「じゃあ、今も狙ってる女がいるんですね」

「ちょっと耳貸せ」

やつはわざとらしく声を低くした。

「このまえの千川の転落事故覚えてるか。三歳のガキがバルコニーから落ちたやつ」

「ああ、そんなことありましたね」

よほど愉快なのだろう。シンジのにやにや笑いはとまらなかった。

「あの母親が引っかかった。なあに、おれは別になにもしちゃいねえ。ただ指で背中をちょっと押しただけだ。むこうが最初から崖っぷちに立って、ゆらゆらしてたんでな」

確かにシンジのいうとおりだった。ユイはこの社会によって、ぎりぎりの崖っぷちに立たされていた。そいつは疑いようのない事実である。


居酒屋で別れて、家にむかった。

ジーンズのポケットで携帯が鳴る。サルからだった。フラップを開く。

「あの男の正体がわかったぞ」

「風俗スカウトのシンジ」

サルは舌打ちした。

「先にわかってるなら、電話しろ。余計な手間かけさせるなよ」

「あの時点ではわかってなかったのさ。今まであいつとのんでいたんだ。そっちの情報を教えてくれ」

かさかさと紙のこすれる音がした。サルが読みあげる。

「いいか。男の名は長沼信次。三十二、三歳らしい。氷川台に住んでる。ひとりものだ。仕事はおまえのいうとおり、風俗スカウト。豊島開発のやつからの情報によると、若い女じゃなく、人妻熟女専門らしい。たちが悪い男だな。最初はヘルスやイメクラ、最後はＤＣやソープに女を落としていくらしい。そのたびにマージンをとってな」

三段逆スライド方式っていうのかな。あがり目のない落ちていくだけの風俗すごろくだった。西口の繁華街には、サラリーマンの酔っ払いがたくさん。なにか会社に不満があるのだろう。ひとりがビルのうえの月にむかって吠えていた。

「長沼にはどこかの組関係のバックはあるのか」

「いいや、ちんけなスカウトだ。豊島開発と仕事上のつきあいはあっても、杯をもらってるわけじゃない」

「わかった。ありがとう。今度、おまえのところの組事務所にメロン届けにいくよ」

サルはふふふと低く笑った。

「やめとけ。うちのおやじがおまえのことあきらめてないの、よくわかってんだろ。事務所に顔だしたら、しつこくスカウトされるぞ」

おれたちは笑って、電話を切った。なんだかわからないが、池袋ではスカウトが大流行のようだった。なにせ人材豊富な街だからな、ここは。

つぎの日ユイがうちの店にやってきた。リードつきのカズシもいっしょだ。ユイはまたもマイクロミニ。しゃがんだら正面からパンツ丸見えってやつ。寝不足で腫れた顔をしている。昼はカズシと遊び、夜は徹夜仕事ではそれもあたりまえ。

「ねえ、二、三時間ばかり、この子をあずかってくれないかな」

カズシは何日かまえよりもさらに暗い顔をしていた。母親を見る目がおどおどしている。顔もどこか薄汚れているようだった。きちんと風呂にはいっているのだろうか。おふくろが店の奥からでてきた。いきなりビーンボールを投げる。

「男と会うんだろ」

ユイはおふくろをにらみつけた。

「そうだよ。母親だって、女だよ。なにがいけないのさ」

おふくろはじっとユイを見つめて、男の子に目をやった。

「遊ぶのがいけないなんていってるわけじゃない。相手の問題だよ」

するとおふくろは、遊びにきていた町会の友人に声をかけた。

「悪いけど、すこしのあいだだけ店番してもらえる。大切な話があるのよ、その子と」

ぴちぴちのスパッツ姿のおばちゃんが、空気を察したようだった。

「わかったよ、いっておいで」

おふくろが先に立って、歩道を歩きだした。振りむくとおれにいった。

「さあ、あんたたちもおいで」

「どこにだよ」

「ギルガメッシュ」

装甲車のように西一番街の人波を分けて、おふくろはすすんでいく。なんなの、どういうことといいながら、ユイはカズシの手を引いていった。


夕方のパチスロ屋はほぼ満席だった。一発逆転の夢を見るやつは、この時代ますます増えている。おふくろはおれにいった。

「シンジとかいうやつを連れてきな」

ユイは信じられないという顔をして、おれとおふくろを見た。

「ふたりでいったいなにやってるの」

おふくろはぴしゃりという。

「あんたの様子が心配だったから、ちょっと調べさせてもらった。あんたは男を見る目がないねえ」

デートの待ちあわせ場所は、いつもこのギルガメッシュだとシンジからはきいていた。おれは豊島開発の人間で会わせたいのがいるといって、やつを店の外に連れだした。シンジはユイを見て顔色を変えた。

「あんた、ちょっと話があるんだ。顔、貸してよ」

おふくろがドスのきいた声で、そんなふうにいったら池袋では逆らえるやつなどいないだろう。シンジはあわてている。

「マコト、こいつはどうなってるんだ。このおばちゃんは誰なんだよ」

おれはおふくろに深々と頭をさげた。

「あねさん、こいつ、どうしますか」

シンジが顔を青くした。どこかの組長の妻だとでも思ったのだろうか。まあ、そんなにかわいいもんじゃないけどね、うちの最終兵器は。おふくろはあごをしゃくって、通りのむかいのカフェを示した。おれが何日かまえに張りこみにつかった店だ。

「いいから、あたしに話をさせてくれ」


窓際のテーブルを五人でかこんだ。カズシだけ子ども椅子をつけて、誕生日席に座らせる。おれとおふくろの素性がわからないせいか、シンジは慎重だった。

「マコト、おまえがこのまえ、おれに近づいてきたのは、なにか調べるためだったのか」

おれは適当にうなずいておいた。おふくろはおれの芝居を台なしにするようなことをいう。

「あたしは西一番街で、真島フルーツという果物屋をやってる。ユイさんのしりあいだよ」

とたんにシンジの態度が変わった。

「なんだよ、じゃあマコト、おまえは誰だ」

「おれはそこの店番」

シンジはおれとおふくろの顔を交互に見た。ずっと隠していた秘密がばれてしまう。

「親子なのか」

風俗スカウトはかちんとくる笑い声をあげた。椅子の背に身体をあずけてえらそうにいう。

「果物屋がおれになんの用だ」

おふくろはずばりといい切った。

「ユイさんと別れなさい。どうせ、あんたは金のためにつきあってるだけだろ。あんたのほんとうの仕事を彼女に教えてやりなよ」

シンジはテーブルをたたいた。カズシはオレンジジュースをもったまま跳びあがり、店のなかはしんと静まり返る。

「おれがなにをしようと自由だろうが。それともこの街じゃ、恋愛は禁止なのか」

「マコト、きかせてやりな」

ユイは息をのんで、なりゆきを見守っていた。二年ぶりにあらわれた恋の相手の最低の正体をあばくのだ。おれは気のりしないまま、ＩＣレコーダーの再生スイッチを押した。きき違いようのないシンジの声が流れだす。

「この街の風俗で働いていておれをしらないやつはモグリだ。売れっ子の女はほとんどおれが紹介してるからな」

そのまま数十秒、やつとおれの会話は続いた。落とすんじゃない、相手が落ちたがっているというところで、ユイは顔を真っ赤にした。おれはいった。

「あんたは長沼信次、人妻専門の風俗スカウトでいいんだよな」

ふて腐れて、シンジが叫んだ。

「おれにこんなことをして、どうなると思ってんだ。おまえら、豊島開発が黙ってねえぞ」

「おまえって、最後の最後まで嘘っぱちなんだな」

おれは携帯電話を抜いた。こちらはほんもののゴッドマザー、シャロン吉村の番号を押す。豊島開発のトップ、多田三毅夫の何番目かの妻である。おれは昔、ふたりの次男ヒロキの誘拐事件にかかわったことがあった。話なら昨晩のうちにつけてある。タレントのシャロンにおれがつけた台詞《せりふ》はこうだ。

「その人たちのいうとおりにしなさい。わたしと多田に逆らえば、池袋の街にいられなくなるわよ」

シンジの顔色がまたも変わった。おれやおふくろの正体が、わからなくなったのだろう。

おれは念を押した。

「豊島開発を出入り禁止にされたくなかったら、二度とユイには手をだすな。いいな、長沼」

やつは黙ってうなずいた。ユイにもいう。

「おまえも、それでいいよな」

ユイが涙目でうなずいた。カズシは両手をあげて、バンザイをしている。意味などなにもわかっていないのだろうけれど。

北口のカフェをでて、おれたちはうちの店にもどった。時間はほんの三十分くらい。帰ろうとしたユイにおふくろはいう。

「話がある。二階にあがっていきな」

ユイとおふくろが先に階段をあがった。おれはバナナを一本ちぎって、カズシに手わたそうとした。三歳の男の子が身体を硬直させた。今まで見せたことのない反応である。

「だいじょうぶだ、ただのバナナだよ」

カズシは恐るおそるバナナを受けとった。

「ちょっと見せてくれ」

カズシの長袖のシャツをまくって細い腕を確かめた。青いあざがいくつかついている。もう片方の腕も見た。こちらにもあざがいくつか。

「痛かったな、ママにしかられたのか」

バナナを力いっぱいにぎったまま、カズシはおれを見あげてきた。

「カズくん、悪い子。ママ、悪くない」

もう問題はクズのような風俗スカウトだけではなかった。おれはカズシを抱きあげて、階段をあがった。まともなものをたべているのだろうか。カズシは羽枕のように軽い。

築二十年を超えるうちのダイニングキッチンで、ユイとおふくろが話していた。ユイは泣いている。

「あの事故が起きてから、もうどうしたらいいのかわかんなくなった。子どもは大事だし、愛してるよ。でも、自分の全部をささげても、それであたりまえだといわれるだけなんだよ。夜も寝ないで働いて、昼は育児で、ちょっと遊ぼうとすると、母親失格といわれる」

ユイはカズシをちらりと見てから、そっぽをむいた。

「ときどき、この子がすごく憎らしくなる。この子さえいなければ、正社員の仕事も探せるし、友達と遊べるし、若い女の子みたいにおしゃれもできるし、恋だってできる。全部、この子のせいで……好きでもない男の子どものせいで……わたしは」

おれはカズシを椅子のうえに立たせた。長袖Tシャツの腕をまくってみせる。おれの声には責めるような調子はなかったと思う。

「それで、カズシをたたくようになった」

カズシは必死になっていった。

「カズくん、悪い子。ママ、悪くない」

おふくろが男の子を見た。それから、おれに視線を移す。それはおれが見たことがないほどやさしい目だった。おふくろはユイにいった。

「どうしても、苦しいかい」

ユイは両手で顔を覆って泣きだした。

「苦しいよ。あの男のいうとおりだもん。わたしは崖っぷちに立ってる」

シングルマザーは指のあいだから、自分の子どもを見た。ぽつりという。

「もう落ちてるのかもしれない」

「そうか、そうか」

おれには解決法などなにも浮かばなかった。この世界は出口のない悲しみと貧しさでできている。それをどうにかできる人間なんて存在しないのだ。そのとき、おふくろがいった。

「だったら、あんたは子どもを捨てな」


なにをいっているんだろう。おれとユイはおふくろを驚いて見つめていた。おふくろはおれを見つめた。またあの笑顔になる。

「今のままだと、あんたは生きていけない。子どもを殺してしまうかもしれない。自分を売り落とすかもしれない。だったら、子どもを捨てなさい。あたしが昔したように」

おれにはそんな記憶はなかった。

「自分がダメになるほどがんばっても、無理だったんだから、あんたが子どもを捨てても、誰も責めやしないよ。それに捨てるといっても、生活を立て直すあいだ預かってもらうだけだ。はずかしいことなんかじゃない。まえからしってるケースワーカーと話をしてきた」

おふくろはじっとおれを見た。

「マコトの父親は、この子が生まれてすぐに事故でなくなった。この店は残してくれたけど、借金も山積み。ひとりで働くしかなかったからね。赤ん坊だったマコトを人に預けることになった。

生まれたばかりで丸々二年間、お乳もやらずに放っておいたんだ。何度も思ったよ。あたしはダメな母親だ、子どもを捨てたんだって。でも、そんな思いには負けなかった。そのあいだ死ぬ気で働いて、借金を返して金をためた。それで、きちんと迎えにいったからね」

記憶にもないし、おふくろからきかされたこともない話だった。

「それがこうやって、なんとか大人になり、たいして金はもってないけど、困っている誰かがこの街にいれば、自分はどうなっても助けてやろうと走りまわっている。なかなかの男になったもんだよ。いいかい、ユイちゃん。子どもはちょっとくらい捨てたって、だいじょうぶだ。きっときちんとおおきくなるし、憎まれ口をきくようになるんだ。くそばばあ、くたばれなんてね」

おれは涙をおふくろに見られるのが嫌で、したをむいていた。カズシは自力で椅子をおりて、ユイの足元に移動した。青いあざの残る腕で、母親の脚を抱いた。

「ママ、だいじょぶ、ママ、悪くない」

ユイはしゃがみこんで、三歳の男の子を抱き締めた。おれはユイとカズシをそっとしておいてやるために、自分の部屋に移った。顔を洗って、店番にもどらなくちゃならないからな。

ユイは結局、施設にカズシを預けることになった。期間は一年間の限定で、そのあいだに保育園の費用をためることにしたのである。公的な援助の手があることをしらないシングルマザーは、まだ多いのだという。生活と育児をすべて自分の肩に背負い壊れていく家族たち。日本のシングルマザーの年収は、四年ばかりまえの調査で百六十万円とすこし。養育費をきちんと払う男は、半分以下だという。これが世界で第二位の経済大国の姿である。たべていくだけで精いっぱいというのは、その年収では情け容赦のない正確な表現だ。子どもたちが日本の未来だというなら、おれたちにはきっと打つべき手があるはずだとおれは思う。

花の代わりに水彩絵の具の緑でソメイヨシノが塗られたころ、ユイはリクルートスーツで、うちの店にやってきた。カズシはいない。おふくろが声をかけた。

「よく似あってるね。面接かい。ほら、元気つけていきな」

おれがつくったマスクメロンの串をさしだした。ユイは滴《しずく》を垂らさないようにまえかがみになって、メロンをくった。

「なにからなにまで、ありがとう。わたし、マコトくんのおかあさんを尊敬しちゃう。これから契約でも非正規でもなく、正社員の試験受けにいってきます。運送会社の事務なんだけど、うまくすれば年収は二倍になるの」

おふくろはいった。

「そうかい、よかったね。シングルマザーの底力を見せておやり」

ユイは背筋をまっすぐに伸ばして、西一番街の歩道を遠ざかっていく。おれはおふくろとならんで、紺のスーツの背中を見送った。おふくろのほうを見ずに、おれはいった。

「赤ん坊のときの話、ぜんぜんしらなかった」

おふくろはこともなげにいう。

「そう。これでも悩んだもんだよ。マコトが中学高校と荒れて、警察に呼ばれるたびに、赤ん坊のときのあたしとのスキンシップが足りないせいでこんなふうになったのかなあって。親ってのは、損な役だよ。子どもがなにをしでかしても、自分のせいだと思っちまうんだよねえ」

おれはおふくろの横顔を盗み見た。こういってはなんだが、悪くない顔だ。ひょっと口がすべれば、気高い表情なんていってしまいそうな雰囲気である。おれは二十何年か分の気もちをこめて、ありがとうといおうとした。だが、敵は素早かった。

「あんたもいつ孫の顔を見せてくれるんだかねえ。うちのおとうさんは、おまえよりはずっと女の子にもてたもんだけど」

「はいはい、わかりました」

そういって、おれは店から街に飛びだした。夏までには絶対に女をつくろう。それで、あのおふくろを見返してやるのだ。春の池袋をいく女たちのファッションは早くもイケイケ。まあ、女として一番大切な度胸とガッツでうちのおふくろにかないそうなのはいなかったけどね。

口笛を吹きながら、おれは駅まえの空を見あげた。ぼんやりととろい四月の空には、ときおり雪のように花びらが舞っている。おれは赤ん坊と若き日のおふくろをそこに描こうとした。影も形も浮かばない。まったく赤ん坊のころの思い出なんて、あとかたもなく消えちまうもんだよな。だから、おれたちははずかしげもなく、こうして街を歩いていられるのかもしれない。

池袋クリンナップス

二十一世紀も最先端の東京で、一番カッコいいことがなにかしってるかい?

そいつはぺらぺらの液晶テレビに映ってる無駄にハンサムなタレントでも、ミラノ製の一枚二十万のジャケットでも、二千万を超える高級外車でもない。おれたちが毎日歩いてる通りで、あんたがちょっと注意していれば気がつくことだ。

そいつは、なんとゴミ拾い。

やつらは学生だったり、会社員だったり、非正規雇用のワンコールワーカーだったりする。毎週月曜の夜になると、身体のどこかに黄色いバンダナをつけて、夜の西口公園に集まってくるのだ。腰につけたウエストポーチのなかには、コンビニのポリ袋が何枚か。別に誰か指導者がいるわけではない。池袋クリンナップスは夜七時になると、何人かのグループに分かれ、夜の街に落ちているゴミを拾っていくのだ。

もちろん一円の金になるわけでもない。都の清掃局に頼まれてもいない。いつのころからか誰かが始めて、気がつけばその輪が広がっていたというだけの話。純粋なボランティアなのかもしれないが、おれはそういうの疑ってかかるほうだ。だって、どんなおこないにも必ず、なにか反応があるだろ。

その仕事で自分が住む街がきれいになる。それが単純に気もちいいんだから、それだけで立派な理由というものじゃないだろうか。おれたちはあまりに長く資本主義の建前に慣れすぎていたのだ。金にならない労働はうさんくさい。だけどそんなのはすべての情報と検索が無料になった世界では、とうにアウト・オブ・デートな考えだとおれは思うけどね。

今回は、街にちいさなクリンナップの輪を広げたどえらい秀才と、池袋東口に君臨する天空の王のお話。まあ、ぶっちゃけやつらは親子なんだが、そこにアホなギャングがからんで、話は少々複雑になった。

秀才のほうからは、めずらしくおれの仕事を絶賛されたので、やつは今でもいいダチだ。さすがに王子で今では空のほうにもどっていったけどね。なんだか『ラピュタ』みたいで、話がぜんぜん見えないって。いいんだ、そのうちすべてがわかってくるだろうから。そうしたら、きっとあんただって明日から街にでて、せっせとゴミを拾いたくなることだろう。

そいつはとてもたのしい仕事だ。そのあとののみ会も盛りあがるしな。

街はおれたちが毎日住んでる家なんだから、掃除くらいあたりまえのことだけどね。


この夏、池袋最大の話題といえば、サンシャイン60のすぐとなりにできた池袋ミッドシティにトドメをさすだろう。あんたもテレビのワイドショーなんかで、見たことがあるだろ。ほら、女子大生のレポーターがわざとらしく歓声をあげて紹介していたやつ。おしゃれーとか、かわいーとか。普段はきもい、うざいしか口にしてないくせに。

広大な公開緑地のなかに建つのは、サンシャインよりほんの五階ばかり低い五十五階建ての双子ビルだ。片方がビジネス棟で、もう片方がレジデンス棟。池袋は都心だが、そんなに高級住宅地じゃない。おれは二億円以上もするマンションが、この街にできるなんて想像もしていなかった。

ビジネス棟の下部の七階分は、レストランやブティックが余裕をもってデザインされた商業スペースだ。おれも一度いってみたのだが、完全にお手あげだった。だって通りを一本わたれば三百八十円のラーメンがくえるのに、ランチメニューが二千円もするのだ。海外ブランドのシャツは二万円、ジーンズだって一本三万はする。どうやら格差社会のした半分は相手にしないというのがコンセプトみたいだった。

おれはおのぼりさんになってミッドシティをうろうろして、なにものみくいせず、ショッピングもせずに帰ってきた。自分の街なのに、まるでよそ者あつかいされた気がする。おれたちの時代は、同じ街のなかに発展段階の異なる別な国がある。

そういう時代なのだ。


その夜はやけに暑苦しい月曜日だった。おれはもともとエアコンが嫌いで、めったに冷房をいれることはない。店じまいをした真夜中近く、ぶらりと散歩にでた。ジーンズに迷彩柄のタンクトップ。ほんとは短パンをはきたいところだが、男のすねってみにくいからな。

いくら蒸し暑い夜でも、外にでれば風のすこしくらいは吹いている。おれはぐるりと遠まわりをして、西口公園にむかった。ロマンス通りからときわ通りを左折。あとは劇場通りをのんびりと流していけば、おれの庭ウエストゲートパークだ。

夏の夜だから、呼びこみはあい変わらずだった。今年はマイクロミニよりヴェリーショートの短パンが多かったが、アジア各国の美女軍団がビラ撒きをしている。もっともまるで金に縁のなさそうなおれには店のビラさえくれないけれど。

短い散歩のあいだにひとつ気づいたことがあった。そいつは街が昔よりもずっときれいになってることだった。どこを見ても、目につくような場所にはゴミが落ちていないのだ。これもクリンナップスのおかげかもしれない。なにせ、やつらは街のベースにたまった走者を毎週月曜ごとにきれいに掃除していってくれるのだ。

おれはいい気分で、鼻歌をうたいながら円形広場にはいった。


ベンチに座り、星の見えない明るい夏の夜空をぼんやり眺める。

そのまま一時間空を見ている時間。おれにはそいつは、文句なしに生きてる実感を確かめる瞬間だ。そんなときにきくのは、あまり理屈っぽい現代音楽なんかじゃないほうがいい。そのときおれのCDプレーヤーにはいっていたのは、モーツァルトのディヴェルティメント十五番。どこかの金もちのパーティのために、天才が書き飛ばした名作である。夜の空に透明な翼が何枚も広がり羽ばたいていく。池袋みたいに汚れた街だって、丸ごと空に連れていってくれそうなメロディの翼だった。

　すると誰かが、おれの座っているパイプベンチをこつこつとたたいた。灰色の雲がゆっくりと形を変える夜空から顔をもどすと、目のまえにはゴミ拾い用のトングをもったメガネ男が立っていた。洗いざらしのジーンズに、白いシャツ。おれがヘッドホンをはずすと、男はにこりと笑っていった。

「ちょっと足をどかしてもらっていいかな。吸いがらが落ちてるんだ」


　おれはあわててバスケットシューズを動かした。やつは慣れた手つきで吸いがらをつまみ、白いポリ袋にいれた。ほかにゴミはないようだが、立ち去ろうとしない。じっとおれを見て、なにかを計っているようだった。おれのいかしたスリーサイズだろうか。

「なにか話でもあるのか」

　男はメガネを直して、辛抱強い笑顔を続ける。

「真島誠くんだよね。わたしはある人から、きみの写メールをもらったことがあってね。機会があったらお近づきになっておいたほうがいいといわれたんだ。この街でなにかをするなら、マコトくんの友人になっておいて損はないと」

　ある人とは誰だろうか。おれは暴力団関係の誰かでないことを祈った。あっちのやつらとは、ミッドシティのように別な世界で暮らしたいからな。

「その人はマコトくんの友人だといっていた。安藤くんというんだけど」

おれと同じで、どこにでも顔をだす池袋のガキの王だった。この男はこっちの顔色だけで気もちを察する。でたらめに敏感な男だった。二十代後半だろうか。じっとおれを見ていった。

「となりに座ってもいいかな」

やつはポリ袋を丸めてウエストポーチにいれた。ベンチに座ると、まっすぐ正面を見て口を開いた。

「わたしは桂和文。仕事は三カ月まえから、ゴミ拾いをしている」

おもしろい男。池袋クリンナップスが出現したのは、この春のことだ。見たことのない黄色いチームがやってきたのだから、Gボーイズのほうでも当初はだいぶ警戒していたようだ。だがクリンナップスはゴミ拾い以外には興味のない、ごく平和的な集団だった。

「それで、あんたはタカシとしりあった。この街で若いやつを動かすには、Gボーイズと話をつけなくちゃいけないもんな」

「そうだね。今ではいくつかGボーイズのチームも、月曜日の清掃作戦に参加してもらってる」

育ちのよさというのは、なぜひと言話をするとわかってしまうのだろうか。カズフミは間違いようがなく上品だった。ウエストゲートパークのゴミ拾いと外資系ホテルでのパーティ。どっちにも無理なく溶けこんでしまいそうだ。

「おれに話があるってことは、なにかトラブルを抱えてるのかな」

カズフミはおれのほうをちらりと見た。裏のない顔をしてにこりと笑う。

「今のところ、そんなことはなさそうだけど、これでもこちらにもいろいろとあってね。そういうことがあったら、ぜひマコトくんに応援を頼みたい。よろしく」

西口公園で握手を求められた。いかれた男。やつはベンチを立って、つぎのゴミを探しにいこうとする。おれは白シャツの背中にいった。

「なあ、クリンナップスにはいるには、なにか特別な審査とかあるのか」

やつは振りむくと、夜の公園でトングをきらきらと回転させた。

「いいや。ただやってきて、ゴミを拾うだけでいい。それで黄色いバンダナをプレゼントするよ。マコトくんも参加するの」

「今夜は遅いから、やめておく。気がむいたら、来週な」

「わかった、待ってる」

池袋クリンナップスのリーダーはほかのメンバーと合流すると、円形広場の清掃にもどっていった。


おれはまた星のない夜空の天体観測にもどった。思いついて、携帯電話を抜く。タカシの番号は指が覚えているので、見なくても操作できる。ワンコールで電話にでたとりつぎにいった。

「キングを呼んでくれないか。王様専用のピエロだ」

返事をせずに、とりつぎが代わった。

「なんだ。道化師がキングにいきなり直電か」

夏の夜、耳に心地いいアイスクールなタカシの声。

「おまえにおれを紹介されたっていう坊ちゃんに会った。カツラカズフミ、なにもんなんだ、あの男」

タカシが笑った。真夏のちいさな吹雪だ。

「桂リライアンス」

予想外の名前がでてきた。

「えっ……」

「マコトだってしってるだろ。池袋ミッドシティを再開発したデベロッパーだ。社長は桂啓太郎。そのひとり息子があのカズフミだ」

桂リライアンスは東京の各地で、再開発事業を手がけていた。超高層マンションも何棟か。確か東のほうに建てる新しいデジタルテレビ用の電波塔にも一枚かんでいたはずだ。社長の啓太郎は個人資産一兆二千億とかで、ビジネス誌の表紙の常連である。

「ふーん、それで息子は西口公園でゴミ拾いか。なんか、おもしろい親子だな」

「ああ、だがああいう有力者の息子というのも、かこいこんでおけばいいカモになるかもしれないしな。そこで、おまえを紹介しておいた」

王様がかすかに笑っているのが、不愉快だった。

「なんでだ」

「ああいう男はおれのことを腹の底からは信用しない。だが、おまえみたいなお人よしとはウマがあうだろ」

そんなものだろうか。池袋ミッドシティをもってる天空の城の王子と、地べたにはりついた果物屋店番のおれ。まだ、そのときにはおれとカズフミの共通点がまったく見えていなかったのだ。おれも甘いものだ。礼をいって、電話を切った。

それから嬉遊曲《ディヴェルティメント》を全部きき終わるまで、おれはウエストゲートパークで夜風にあたった。


つぎの月曜日、おれは西口公園にいった。時刻は夏の夜が生まれたばかりの午後七時。祭りのような人出で、広場の半分が埋まっていた。顔をしってるＧボーイズ＆ガールズがたくさんいて、挨拶するだけでぐったりするくらい。

カズフミが公園の隅にあるステージにあがった。小型のメガホンを口にあてていう。

「こんばんは、今夜もみんなよく参加してくれました。池袋クリンナップスには規則も上下もありません。これから二時間気もちよくこの街を清掃して、そのあとは各自勝手に盛りあがってください」

静かな返事が数百人のメンバーから漏れた。何組かすでにできあがっている酔っ払いが奇声をあげていたが、誰も気にする様子はない。さすがにこれだけの人数だから、池袋署から警官が何人かパトロールにきているが、手をうしろで組んで見ているだけだった。

自由意志で集まった黄色いバンダナの集団は、また自由意志で散っていった。誰もが白いポリ袋をとりだすので、いっせいにハトが飛び立つような音がする。おれがいつも世話になってる円形広場のゴミを拾おうとしたら、声をかけられた。

「マコト」

振りむくと、ミッドシティの王子とギャングの王様が立っていた。どちらの手にも、王族にはまったく似あわないポリ袋がある。うーん、ゴミ拾いなんて、おれみたいな下賤な生まれにまかせてもらいたいものだ。


「タカシでもゴミなんて、拾うんだな」

やつはにこりともせずに新品のトングをつかった。秒速で拾われる缶ジュースのプルトップ。金属の光沢のある半袖シャツは今年の流行なのだろう。おれは庶民の出だから値段が気になってしかたなかった。あんなぺらぺらでも五万くらいはするのだろうか。

「マコト、おまえに仕事だ」

キングのとなりでは王子が微笑んでいた。

「桂リライアンスとカズフミの関係がばれた。ミッドシティの再開発では、桂グループもかなりの無理をしていてな。何件か、脅迫めいたものが届いている」

「そうか」

金があるから狙われる。一番の安全はおれのように貧しいことだった。カズフミがいった。

「今夜はクリンナップの日で、たくさんの目があるからだいじょうぶだと思う。タカシくんのところの警護もあるしね。明日にでも、マコトくんと話をさせてもらおう」

「わかった」

するとタカシがおれに、ポリ袋とトングをさしだした。

「なんだよ」

「このトングはおまえにやる。おれも二時間掃除ができたら心安らぐだろうが、あいにくそんなゆとりはないんだ。メンバーがあれこれと問題を起こしてくれてな」

　気の毒な王様。数百人だか、数千人だかしらないが、たくさんの領民をもつというのも考えものである。


　その夜、おれは顔みしりのGボーイズの何人かと、ゴミを拾いながら池袋を歩いた。公園、地下通路、遊歩道に西口の繁華街と風俗街。一番した側から見る街は、妙にカラフルで人があふれているのに、やけに静かだった。都会にはどれほど人があふれていても、ぽつりとブラックホールのように無人の場所があるものだ。そんなスポットにはいると、ネオンの明かりも積みあがった富もやけにスタイルのいい女たちも、すべてが幻に見えてくる。都会で地面ばかり眺めて、ゴミを拾うのは哲学することによく似ている。おれたちはそこで世のなかの上と下の相対化を学ぶのだ。

　あんたもつぎの月曜日に、ウエストゲートパークにきてみたらどうだ。格差なんてちいさな話だってきっと感じると思うよ。


　だが、平和な思考は一日とは続かない。

つぎの朝、おれはタカシからの電話でたたき起こされることになった。四畳半の布団のうえで携帯を開く。

「マコトか、おれだ」

「なんだよ、こんな時間に」

壁の時計は午前十時すぎ。市場にいかない朝、おれはずっとだらだらしてる。

「カズフミが消えた」

「なんだって」

トランクスとタンクトップで正座する。髪は当然寝起きでぼさぼさだ。とても、おれのファンには見せられない。

「だって、Gボーイズがついていたんだろ」

歯ぎしりするような声で王様がいった。

「ついていた。ほかにもクリンナップスのメンバーもいたらしい。だが、やつは消えちまった。携帯もつながらない。自宅は立教通りの先にあるアパートだが、そこにも帰っていない。それで……」

おれは携帯を耳にあてたまま、ジーンズをはいているところだった。

「それで、どうした」

「桂リライアンスに電話がはいったようだ」

「ちょっと待ってくれ」

なんだか展開が速すぎる。とてもついていけない。おれはベルトをいつもよりひとコマきつく締めて、学習机の椅子に座った。

「なんで、タカシが桂リライアンスの情報をもってるんだ。誘拐事件なら、警察が動いてるのか」

やつは電話のむこうで笑った。

「いいや。桂リライアンスはなるべくなら、警察をつかいたくはないようだ。そこで、警察ＯＢがやってる警備会社をつかった。今朝から、クリンナップスのメンバーやＧボーイズにもうるさく連絡がはいってな」

キングの笑いがおおきくなる。いったいどういう意味なんだろうか。

「きっと、マコトのところにも誰かがむかっているだろう」

「なんでだよ、おれはカズフミと立ち話をしただけなんだぞ」

今度は隠すことなく、声をあげてキングが笑った。

「おれがおまえの名前をやつらに教えておいた。いいかマコト、やつらは依頼主の桂リライアンスのことしか考えちゃいない。おまえは今度の事件にうまくかんで、カズフミとクリンナップスのために動いてやれ。わかったな」

「おい、待てよ」

返事はなかった。通話が切れた空っぽの音が耳元で鳴っているだけだ。そのとき、おふくろの声が階下からきこえた。

「マコト、お客さんだよ」

おれの災難は続いた。

階段をおりていくと、この暑さに灰色のスーツを着た男がふたり立っていた。背景は真夏の西一番街なので、暗さが逆に目立ってしまう。おれが最初に思いついた言葉は単純。元警官のひと言だ。背の高い男と小柄だが横幅と同じくらい胸の厚みがある男のコンビだった。どちらも三十代なかばというところ。チビが名刺をだしていった。

「スペリア警備保障の角田と大久保です。真島誠さんですね」

おふくろは絶対になにかやっただろって目で、おれのほうを見ている。

「そうだけど、おれは御曹司のことはなにもしらないよ」

ちいさいほうが、にやりと笑った。

「安藤くんから、きいている。きみは池袋では有名なトラブルシューターなんだそうだね。だが、うちはプロだ。きみから簡単な話はきいておくが、別にアマチュアに手助けをしてもらうつもりはない」

カチンときた。もうこいつらには、ひと言だって協力してやらない。

「そうか。別におれは桂リライアンスなんて、しったことじゃない。カズフミもダチでもないしな。話はなにもないんだ。さっさと帰ってくれ」

実際におれはなんの情報ももっていなかった。でかいほうの灰色がいった。

「最後に和文さんを見たのはいつだったかな」

「昨日の夜、七時すぎウエストゲートパークで」

やつはおかしな顔をした。

「どこだね、それは」

「西口公園だよ」

「くだらんな」

今度はチビが肩の筋肉を盛りあげて、おれにいう。

「今回の件は、マスコミにも警察にも緘口令《かんこうれい》が敷いてある。真島くんも、口外しないように願いたい。では、また」

つぎの機会なんて、あるはずがない。こんなに慇懃無礼《いんぎんぶれい》なやつらなら、まだ現職警官のほうがかわいげがあるというものだ。おふくろがおれの気分を読んでいう。

「マコト、塩まいとこうか」

おれは肩をすくめて、自分の部屋にあがった。


その日はなにも起こらない静かな一日。だいたいおれはカズフミの失踪事件になんて、かかわるつもりがないんだから、そいつもあたりまえ。スイカを売り、さくらんぼを売り、スイカを売り、メロンを売り、またスイカを売る。夏の果物屋の売上の半分以上は、あのでかくてやたら重いスイカなのだ。いくら冷蔵庫で冷やしておいても、すぐに売れていくのできりがない。これでもわずかながら、ニッポンの景気は回復しているのかもしれない。

おれはモーツァルトの嬉遊曲をききながら、優雅な夏の一日をすごした。

その夜、意外な来客があったのは、夜十時すぎのことだった。かなりくたびれた灰色スーツのふたり組だ。どっちが大久保で、どっちが角田だったかな。スポークスマンの小柄なほうがいった。

「もうしわけないが、きみの力を貸してもらえないだろうか」

それをいうだけでも、プロのプライドが許さないようだった。チビの顔は真っ赤だ。おれはいつものように腐りかけのメロンを十二等分に割っていた。割り箸をさせば、一本二百円だ。明日にはゴミになるだけなので、効果的なリサイクル。

「やだね」

黙々とマスクメロンを切る。毎日研いでる包丁って、つかい心地がいいよな。

「今朝の非礼は、もうしわけなかった。さあ、大久保」

チビがうしろをむいていった。灰色スーツのふたりが、うちの果物屋の店先で深々と頭をさげる。そいつはなかなかの見物《みもの》だった。おれはメロンの串をふたつ、やつらにさしだした。

「くえよ。おれに頭をさげるなんて、よほど困ったことがあったんだな。話してくれ」

そこで、おれたち三人は西一番街のガードレールに腰かけて、メロンをくいながら話をすることになった。

ちいさいほうの角田の話はこんな調子。

桂リライアンスに電話がはいったのは、朝一番のことだったという。最初にでたのは広報室で、それが秘書室をまわり、最後には社長の桂啓太郎につながった。気の長い誘拐犯だ。そこでようやく犯人は肝心の話をした。

ひとり息子は預かっている。身代金は三千万。あんたならポケットマネーだろう。今日中に用意しろ。こっちには息子を殺すつもりはないし、その程度のはした金で警察騒ぎにするのは会社のためによくないだろ。

おれは中途半端な身代金に引っかかった。

「三千万といったのか。あのミッドシティのもち主に」

角田はおれにうなずいた。となりの大久保は、おれが犯人の一味であるかのような目でこっちを見ている。

「そうだ。殺害の意思はないというのもおかしな話で、最初は悪質な冗談かと思った。だが、社長が手を尽くしても、和文さんと連絡がとれない。クリンナップスとかいうグループに確かめたが、結果は同じだ」

おれたちの目のまえを、コンパ帰りのガキがとおりすぎていった。男も女もみんな耳にピアスをしている。半数はちゃちな機械彫りのタトゥーいり。親にもらった大切な身体だろうが。

「それで今日いったいなにが起きたんだ。あんたたちのてのひら返しが急すぎる」

灰色スーツはガードレールで目を見あわせた。チビの元警官がいう。

「あんたはなかなか回転が速いな。今日の午後六時だった。三千万円を用意して、わたしたちは西口公園のバスターミナルで網を張っていた」

うちのすぐ近くで、そんな取引があったのだ。東京という街は、いつなにが起きているかわからないものだ。そういえば、このまえ渋谷で温泉が爆発したっけ。チビの話は続く。

「計画では金はわたすつもりだった。ただ、そのまま逃がすわけにはいかないから、尾行をつけて和文さんの安全だけは確保する。スムーズな作戦だ」

だが、現場ではいつだって予測不可能なことが起きる。おれはいった。

「誰かがヘマをした」

「そうだ」


「ここからは簡単でいいだろう。うちの身内の恥だからな」

角田は上着の内ポケットから、携帯電話を抜いた。誰かに電話してひと言いうと、すぐに切る。

「跳ねあがりの若手がいてな、そいつが派手な動きをして、尾行に気づかれた。犯人は三人だったが、やつらは金と発信機のはいったバッグを投げ捨てて、地下にもぐった」

池袋駅周辺の地下通路は、慣れていない人間には迷路のようなものだ。

「あんたたちは何人で張っていた」

「七十人態勢だった」

「そのうち、この街に詳しいやつは」

角田は太い首を横に振った。

「数人はいたのだろうが、わたしにはわからない」

「そうだったのか」

おれとGボーイズが組んでいれば、どこまでもやつらを追いつめていけただろう。どんなプロでも地理に詳しいゲリラにはやられることがある。

「ということは、誘拐犯はこの街に土地勘があるやつだよな。わかった、明日から手伝わせてもらうよ」

おれは店にもどろうとした。そろそろ店じまいの準備をしたほうがいいだろう。すると、うちの目のまえにとんでもなくでかいクジラのような黒塗りのクルマがとまった。マイバッハはメルセデスの上級ブランド。全長は六メートルくらい、値段は格差社会も驚く四千万以上。角田は気の毒そうにいう。

「そうはいかないんだ。社長がお待ちなんでね。真島くん、ミッドシティまで顔を貸してくれないか」


冷蔵庫とデスクとパソコンのついたクルマにおれは生まれて初めてのった。後部座席でもゆとりでおれの長い脚を組むことができる。自動車というよりは、動く書斎のようだった。室内は革と木でかこまれている。おれの部屋よりも、なんだかいい文章が書けそうな雰囲気。

だが、せっかくの雲のうえのドライブも、十分とは続かなかった。黒いクジラは池袋ミッドシティのビジネス棟の地下駐車場にのみこまれていく。二重にチェック機構のついたエレベーターで、一気に最上階にあがる。おれは耳の痛みを消すために、二度つばをのんだ。

開いた扉の先には、ふかふかのカーペットが敷きこまれたホールが広がっていた。モダンなシャンデリアと一辺が二メートルもある抽象絵画。おれと同じくらいその場に似あわない角田がいった。

「こちらが社長室だ。きてくれ」

廊下の角を二回曲がったら、自分がどこにいるのかわからなくなった。ノックしたドアを開けて、角田がおれを先にとおしてくれた。正面に広がるのは東京の夜景。誰もが自分を成功者だと勘違いしてしまう百万の街の灯が足元に広がっている。部屋の中央のソファセットには地図をとりまくように六人の男が座っていた。

窓のほうをむいていた男が、こちらを振りむいていった。

「よくきてくれました。桂啓太郎です」

おれはまたも展開についていけなくなった。

「カズフミさんの件で、協力するのはいいんですが、なぜ急におれが呼ばれたんですか」

啓太郎は中肉中背だが、ひどく迫力のある男だった。『ゴッドファーザーⅡ』のアル・パチーノ。ファミリーを守るためならなんでもやらかす男。髪は半分白い。角田がいった。

「金の受けわたしが失敗してから、また連絡がはいった。先方は今度は交渉人を指定してきたのだ」

五十畳はある社長室にいる全員の視線がおれに集中した。

「もしかして、おれ？」

まったく意味がわからない。ミッドシティの王がいう。

「そのようだ。お手数だが、ぜひ協力してください。和文は桂リライアンスの人間ではないが、桂家にとっては大切な跡継ぎだ。失うわけにはいかない」

警備会社の男たちからの視線が痛かった。プロのゲームにまぎれこんだアマチュアか。啓太郎がいった。

「失礼だが、きみと和文はどういう関係なのかな」

おれたちに関係と呼べるものがあったのだろうか。

「昨日、いっしょに西口公園でゴミを拾っただけだけど。おれはカズフミのことをほとんどしらないんだ」

角田が横から口をはさんだ。

「この真島さんは無料で池袋の街のトラブルを解決する交渉人のようなことをしています。この街の若い人のあいだでは、かなりの信頼があるようです」

啓太郎の表情はまったく変わらない。自分のではなく、となりの家の子どもが誘拐されたような表情だ。

「すると一円にもならないのに、ひとりでゴミ拾いを始めた和文と、どこかつうじるところがあるのかもしれないな。きみには今回の件で、それ相応の礼はするつもりだ」

テーブルをかこむ男の一人が顔をあげていった。

「もうすぐ、つぎの通信がはいる時間です」

男たちの視線はおれから、センターテーブルにおいてあるパソコンにむかった。

おれは小声で、角田にいった。

「なあ、パソコンっていうことは、メールで連絡がはいるのか」

角田はおれと話しているところを見られるのが嫌なようだった。傷つく。

「そうだ」

「身代金受けわたしまでは、どんな連絡方法だった」

「携帯電話だ。契約者を特定できなかった。飛ばしの携帯だろうな」

おかしな話だ。飛ばしの携帯が生きているなら、面倒なメールを打つ必要もないだろう。

「ハッキングの準備はしてるよな」

「ああ、まかせておけ。こちらはプロだ。パソコンからなら、地域の特定はできるだろう。あんたはなるべく長くメールを続けてくれれば、それでいい」

その部屋では絶対君主の啓太郎の声が、低く響いた。

「真島くん、こちらにきてください」

おれは失礼のないように、静かにソファに腰をおろした。


センターテーブルには何枚かの地図とノートパソコンが三台開かれていた。そのうちの中央の一台が、おれの担当のようだ。いつもマックをつかってるおれには、ウィンドウズはちょっと面倒である。男たちがスイス製の機械式腕時計を確認した。

午後十一時。

ぴたりにメールの着信音がする。角田がとなりの男にうなずいた。スーツを着て、髪を七三に分けているが、こいつがハッカーなのだろう。おれはゼロワンしかしらないので、意外な気がした。ハッカーはみなスキンヘッドだと思っていたのだ。

「なるべく長くメールのやりとりをしてくれ」

おれは角田にうなずいて、メールを開いた。

＞マコト、そこにいるか？
＞今日の午後は残念だったな。
＞だが、そっちのミスによって
＞かけ金はつりあがった。
＞十倍の三億円だ。
＞ミッドシティの主にならＩ
＞さして財布が痛む金額ではないだろう（笑）。

おれのパソコンのまわりに、たくさんの中年男の顔が集まっていた。ヘアクリームとタバコと汗のにおい。若くてかわいい女だったらよかったのに。

「三億円だと……」

誰かがそうつぶやいて、啓太郎はソファで腕を組んだ。おれは入力を開始した。

＞交渉人に指定されたのには
＞驚いたよ、マコトだ。
＞三億円といえば、現金では
＞かなりの重さになる。
＞どうやって受けわたしを
＞したらいいんだ？
＞もちろん、カズフミは無事だよな。

社長室はざわついていた。おれは送信を押すまえに、液晶画面を桂リライアンスの社長にむけてやった。啓太郎がうなずいたので、おれは送信をクリックした。返事はしばらく返ってこなかった。角田がいった。
「送信元の位置は順調にしぼられています。もうすこし時間をください」
男たちのあいだでどよめきがあがる。携帯電話が開かれて、何本かの通話が飛んだ。やつらを追いつめる実働部隊がどこかに待機しているのだろう。つぎのメールが着信した。

＞心配は無用。
＞三億円分の無記名債を用意しろ。

＞税務署から足をたどられないものをな。
＞そいつは桂リライアンスの財務部なら、
＞よくわかっているだろう。
＞カズフミは当然、無事だ。
＞あんたたちはミッドシティを
＞建てるときに、だいぶ悪さをしたな。
＞今回の三億は当然の報いだし、
＞おれたちが池袋の街のために
＞有意義につかってやるよ。

「よしっ」

スーツ姿のハッカーがいった。発信元を特定できたようだった。周囲が色めき立ったが、ハッカーがすぐに顔色を変えた。あせりの表情だ。汗で前髪が額に張りついている。

「くそっ」

角田が質問した。

「どうしたんだ。発信元がわかったんだろう」

ハッカーが首を横に振り、舌打ちをした。

「わかってはいるが、広すぎるんだ。池袋駅西口にあるホットスポットだ。中継アンテナがあって、半径百メートル以上あるエリア内なら、いくらでもネットにつながる。あそこにあるすべての店や駐車中のクルマを調べつくすのは不可能だ」
どうりでのんびりと優雅なメール交換が進行中のはずだった。再びメールの着信音がする。

＞無記名債の件は本気だ。
＞さっさと準備をしておくように。
＞ハッキングならムダだぞ。
＞そちらの手のうちはわかってる。
＞カズフミの健康状態は良好だ。
＞あと何日かかるかわからないが、
＞心配はいらない。
＞また明日この時間にメールする。

おれは最後のメールを読むと、ノートパソコンをむこうにむけてやった。どうにも打つ手がない。おれたちよりも、誘拐犯のほうが一枚も二枚も上手《うわて》なのだ。空に一番近い場所にいたって、人間には到底手がだせない相手がいる。
おれはとんでもない富にかこまれながら、人間の無力さについて考えていた。まあ、そいつは普段から慣れてることだけどね。

帰りもまたあの超高級車だった。おれんちよりも高いクルマというのは、どうも居心地が悪かった。通りを歩く男たちはなにかを畏怖するような視線で、おれののるクルマを見ていたが、誰もおれを見た者はいなかった。富は人を孤独にする。それで桂リライアンスの社長が、アル・パチーノに似ている理由がわかった気がした。誰からも恐れられていると、しまいには恐ろしい人物になってしまうのだ。

高級車のなかで、おれが考えていたことがもうひとつあった。

なぜ、庶民的な三千万から、雲のうえの三億に身代金はつりあがったのか。

なぜ、現金のはいったバッグから、無記名債に替わったのか。

なぜ、足のつかない携帯電話から、ハッキングの危険があるパソコンになったのか。

それに、なぜ、このおれが交渉人なのか。

まるでわからないことだらけで、気がつけばおれはシャッターをおろしたうちの店のまえに立っていた。店じまいをしたのはおふくろひとりだ。きっと敵の怒りは頂点に達していることだろう。

つぎの朝は爽快な気分で目覚めた。久しぶりに頭をフル回転させる仕事がやってきたのだ。まだわからないことだらけだが、頭を空っぽにしたまま一日スイカを売るよりはチャレンジングな生活のスタートである。

おれはさっそく、キング・タカシに電話をいれた。冗談をいうのも面倒なので、やつがでると即座にいった。

「おまえのせいで、面倒なことになった。おれが昨日の夜、どこにいたと思う」

王は冷たくふくみ笑いをしていった。

「ミッドシティの最上階」

おれは心底びっくりした。こいつはもしかしたら、ゼロワンを超えるハッカーかもしれない。

「なんでしってるんだ」

タカシは鼻を鳴らしていった。

「スペリア警備保障だよ。事件はミッドシティじゃなく、池袋のストリートで起きている。この街で人海戦術をつかうなら、Gボーイズに優るものはない。昨日の夜中に正式な依頼があってな、今ではおれとおまえは同じサイドで誘拐犯を追ってるのさ」

「わかった。じゃあ、ちょっと力を貸してくれ」

キングはのり気になったようだった。

「いっしょに動くのは久しぶりだな。なにが必要だ。直属のチームをいくつか、おまえに貸してやろうか」

おれには自分の手足があった。手足のように動く人間など必要だったことはない。

「いいや、話をききたいんだ。Gボーイズのなかで、カズフミと親しかったやつを手配してくれ」

「どこに」

おれは壁の時計を見あげた。午前十時をすこしまわったところ。これから店を開けて、昼めしをくってからでかけるから……。

「正午にウエストゲートパーク」

おれはまえの日にはいたジーンズにまた脚をとおした。


ケヤキの木陰のパイプベンチには、スキンヘッドに黄色いバンダナを巻いた男が座っていた。要町《かなめちょう》スティンガーは名前だけは恐ろしいが、実に平和的なチーム。家族バンザイ、友達サイコーの日本のラップシーンにふさわしい半分ボランティアみたいなギャングである。ヘッドの名は、ハニーB。いくら蜂でも呼びにくすぎるストリートネームだ。

「マコトさん、なんでもきいてください。キングから連絡はいってます」

おれはGボーイズの正式メンバーというわけではなかった。集会にもあまり顔をださないし、チーム内の序列とも関係ない。おかしな相談役とでもいうのかな。

「おれがしりたいのは、カズフミのことなんだ。スティンガーがGボーイズでは最初にゴミ拾いに参加したんだよな。きっかけはなんだったんだ」

ハニーBはあたりをきょろきょろと見ていた。ゴミでも探しているのだろうか。

「それはやっぱりカズフミさんのゴミ拾いが衝撃的だったからですよ」

その気もちはよくわかった。おれも誰に頼まれたわけでもないのに集団でゴミ拾いをするガキの出現がショックだった。

「それで声をかけたのか」

「はい。そうしたら、自分はゴミ拾いすると、ただ気もちいいからやってるんだっていうんですよ。しってますか、マコトさん。あの人、日本の大学をでて、アメリカの大学にいって、どっちでもものすごく優秀な成績だったんですって」

エリート中のエリートなのだろう。おまけに実家はミッドシティにある桂リライアンス。

「だけど、日本に帰ってきて、おやじさんの会社にははいらなかった」

「そうです」

ゴミのなくなった西口公園を真夏の乾いた風が吹き抜けていった。噴水が遠くで、白く崩れている。

「それでゴミ拾いを始めた」

ハニーBは目を細めてうなずいた。

「でも、そいつは小手調べだったんじゃないかなと、おれは思います。ミッドシティについては嫌な噂がたくさんありましたよね」

お決まりの地上げ屋なんかのダークな噂だ。おれがきいた一番悪質なやつをひとつ話しておこう。まずなかなか立ち退きがすすまないビルのドブネズミを一匹つかまえる。尻尾にぼろきれを巻きつけ、そこに灯油をかける。あとは簡単。火をつけて、元のビルにもどすだけで一丁あがりだ。誰が放火したのかわからない不審火の完成である。おれはうなるようにいった。

「ああ、きいたことがある」

ハニーBはまるでスイートな顔をしていなかった。NHKののど自慢で民謡をうたう若い漁師のようなルックス。やつはちらりと横目でおれを見ていった。

「カズフミさんはゴミ拾いから始めて、もっとなにか別な仕事をやろうとしていたんじゃないかな。おやじさんはああいう人だから、この街を上下に引き裂きましたよね。でも、地面に落ちてばらばらになったやつらを、あの人は結びつけようとした。おれ、ゴミ拾いってそういうことだったって思ってるんです」

　格差社会のどん底で砂のように散らばった人間を結びつける仕事。そんなことができたら、どれだけ素晴らしいことか。おれは黄色いバンダナのチーマーにいった。

「そのためにカズフミはなにをやろうとしていたんだろう」

「わかりません。でも、ゴミ拾いに集まる契約社員やアルバイトのやつらのことをすごく気にしてましたよ。みんなには家が必要だ。二十四時間営業のファストフードやネットカフェじゃなくて、脚を伸ばして眠れる家が必要だって」

　自立支援のためのみんなの家か。公的な資金ではなく、民間の金でそんなものが建てられたらどれだけいいだろう。おれはゴミ拾いから始まるカズフミの遠大な目標について想像していた。目をあげると、池袋の夏空にはきらきらと輝きながら内側から盛りあがる積乱雲が浮かんでいる。何千トンという重さのある雲だって、空に浮かぶのだ。

　ゴミ拾いから街が変わることだってないとはいえなかった。


「話は変わるけど、クリンナップスのなかって一枚岩だったのかな」

　ハニーBは腕組みをしていった。

「いや、それはGボーイズとは違いますよ。鉄の規律なんてないですから。カズフミさんはくる者はこばまずだったし」

「じゃあ、あまり程度のよくない連中もいたのか」

要町スティンガーのヘッドは、ぐるぐると頭をまわした。

「ええ、最初のうちは有志のボランティアでしたけど、ああいうのはファッションになってしまうでしょう。このひと月は形だけ参加するような、いかれたガキもたくさんいました。Gボーイズにでもなったつもりで、月曜の夜だけ肩で風を切って歩いたりして」

「そうか。そういうグループのなかで、最近姿を見ないやつらを調べられないかな」

おれには三千万がやはり気にかかっていたのだ。個人資産一兆二千億の桂啓太郎から奪うのがその金額ということは、大金の額の桁数がそこでストップしている人間なのだろう。仕事のないガキかフリーターをおれは考えていた。もっとも、そいつは三億円分の無記名債を要求するような人間とは、まったく生まれも育ちも違うのだろうが。

「わかりました。カズフミさんの側近の人たちといっしょに、クリンナップスの名簿を洗ってみます。あのマコトさん」

スティンガーのヘッドは真剣な顔で、まっすぐにおれを見た。

「カズフミさんをとりもどしてください。あの人は、この街に絶対必要な人なんです」

「わかった」

そういって、おれはハニーBとしっかりと握手した。いかれたストリートネームだが、こいつはちゃんとガッツのあるやつだ。おれはカズフミをとりもどす方法を必死に考え始めた。

その夜もまたミッドシティの最上階にいった。

今度はテーブルのうえにはサンドイッチやおにぎりのような軽食がそろっている。おれは初めて見るローストビーフサンドをかじった。ものすごくうまい。おれたちは前日のメールについて内容を再確認して、打ちあわせをすませた。基本的には相手の要求にこたえる方針だ。

警備会社の人間たちはみな緊張でかりかりとしているようだったが、桂啓太郎だけはまったく前日と表情が変わらなかった。この王様は家族に不幸があってもこの調子なのだろうか。

定時のメールが誘拐犯からやってくる。東京の灯がまだまぶしい午後十一時。

>連日すまないな、マコト。
>そんなことはないと思うが、
>いちおうそっちの正体を確認しておきたい。
>マコトとキング、それにカズフミの三人で
>いっしょにいた月曜の夜、
>おまえが受けとったものはなんだった？

おれはすぐに返事をいれた。きっと敵は反応時間さえ計っていることだろう。

＞新品のゴミ拾い用トング！

返事はすぐにもどってくる。

＞正解だ。
＞こちらの条件をのむことになったか？
＞できることなら、暴力的な手段は
＞つかいたくない。金で片がつくのなら
＞安いものだと思わないか。

おれはパソコンを回転させた。啓太郎に確認する。社長はうなずいた。入力を再開する。

＞無記名債はＯＫだ。
＞準備に時間をすこしもらいたいが、
＞時間稼ぎのつもりはない。
＞受けわたし方法はどうする？

メールがもどる速度はファンタスティックに速かった。おれは街のガキのことを考えた。みんな親指メールなら速いけれど、パソコンのキーボードを自由につかえるのは、Ｇボーイズでも半分以下だ。それはクリンナップスも変わらないはずだった。

＞これから指定する私書箱に送れ。

＞指定の封筒にいれてな。

意味がわからなかった。私書箱などに送ったら、受けとりにあらわれたところをすぐに身柄確保されてしまうだろう。それともなにか、まったく別な作戦でもあるのだろうか。メールの続きには、私書箱のあて先と池袋の東急ハンズで売っているという対ショック封筒の品番がていねいに書きこまれていた。おれはメールに返信した。

＞了解した。

＞ほんとにただ送るだけでいいんだな？

誘拐犯の返事は心憎いほどのゆとりがあった。

＞回収についても、

＞換金についても、

＞そちらはまったく

＞心配しなくてよろしい。

＞カズフミの拘束は、
＞債券回収を確認後速やかに解かれる。

その夜のメールは、それで最後だった。なんというか、手ごたえのない交渉である。せっかくの池袋一の交渉人の名がすたる。こんなことなら、メールさえ打てれば別におれでなくてもよかったと思うのだが。


パソコンを閉じて帰ろうとしたとき、カズフミのおやじさんから声をかけられた。

「真島くん、ちょっといいかな」

さすがにこれだけ広いと部屋の隅に移動するだけで、ふたりきりになれる。おれはミッドシティの主と空にむかう窓辺に立った。こんな高さの塔を自分のものにするのは、いったいどんな気分なのだろうか。

「和文のことで、きみにききたいことがある。警備会社の人間に報告を受けたのだが、息子は誘拐されるまえに、自分ときみはよく似ているといっていたそうだ。心あたりはないかね」

この帝国の王位継承者とメロンを切るのがむやみにうまいおれ。どこを探しても似てるとこなんてない。

「カズフミは日本とアメリカでふたつの大学をでたんですよね。頭はいい、成績も優秀だ。それでいて、人をひきつけるような魅力もある。おれとは人間の出来が違います」

啓太郎はため息をついた。ほんの五ミリほど、仕立てのいいスーツの肩が落ちた。

「あの子はちいさなころから、それは優秀で素直だった。だが、大学生になってから、人が変わった。わたしがなにをさしだしても、それはいらないとつっぱねるんだ」

おれにはおやじはいなかった。さしだされるような好条件も資金もない。だが、すこしだけ息子の気もちもわかった。

「自分の力だけでなにかをやりたいと、どんな子どもだって考えるもんです。おやじさんは、こんなビルを建てるほど成功した。カズフミもなにか自分にできる別な仕事をやりたかったんじゃないですか。ただし……」

桂リライアンスの社長がおれのほうを見た。窓には東京の半分が豪華絢爛《けんらん》に広がっている。

「ただし、なんだね」

「そいつはあなたがやったように空高く伸びるのではなく、地面にへばりつくような方法かもしれない。あんまり金にはならないかもしれない。だけど、おれは今日の午後、頭の悪いガキに頼まれたんです。カズフミはこの街にとって、とても大切な人間だ。だから、ぜひとりもどしてほしいって。おれ、失礼なことをひとつきいていいですか」

個人資産一兆二千億のデベロッパーは、静かにうなずいた。

「あなたがカズフミと同じように誘拐されて、一円の利害関係もない人間が何人そんなふうにいってくれますか。あなたにはわけのわからないダメ息子かもしれないけど、おれはそういう街のガキを何百人もしってます。それはあなたの息子さんが、とても豊かだってことじゃないんですか」

啓太郎は黙ったままこたえなかった。家族の処刑を命じたときのアル・パチーノの顔である。これでつうじないなら、しかたない。

「失礼します。また、明日」

会釈して帰ろうとしたら、ミッドシティの王が背中越しにいった。

「いくつになっても新しく考えなければならないことがあるものだな」

おれはもう一度、頭をさげて王の居室を退場した。


翌日の昼まえだった。果物屋を開けていると、携帯電話が鳴った。

「おれだ」

池袋には何人の王様がいるのだろう。こちらはビル開発ではなく、ガキの王。

「おまえがハニーBに探らせていた結果がでた」

おれは大玉のスイカがみっつはいった段ボールに腰かけた。こいつは軽く二十キロはある。タカシの声は陽気な氷柱《つらら》のようだ。

「いいか、名簿をチェックすると、カズフミの事件が起きてから消えたガキで、素行の悪いやつらということで三人組の名前があがった」

最初に身代金を奪おうとした三人を思いだした。ビンゴ!

「こいつらは同じアパートに住んでる。引越しや工場の作業で、なんとか日々を送っているらしい。住所は板橋区の相生町《あいおいちょう》」

キングが番地とアパートの名前をいった。

「どうする、マコト。ちょっと襲ってみるか」

低い笑い声。心底愉快そうである。

「待ってくれ。おれにちょっと考えがある。そいつらは考えなしだが、やつらをつかまえるだけでは問題は解決しないんだ。すこし時間をくれ」

「いいだろう。おまえにのろう」

ものわかりのいい王様。


おれはなんとかソフトランディングの方法を探っていた。

今回はただ事件を解決するだけではダメなのだ。ねじれた親子関係に橋をかけ、桂リライアンスというビッグマシーンを、この街のために動かしたい。おれがメロンを裂きながら考えていたのは、そういうことだった。だって、ただ誘拐事件を解決するだけじゃ、あんただって退屈だろ。

だが、現実はいつだって、おれたちの予想を超えるのだ。事件解決の鍵は、なんと桂リライアンスの社長の頭のなかにあったのだから。もっとも当人はそんな状況はまったく望んではいなかったろうがね。


三日目のミッドシティだった。さすがにもうかよいなれたもの。夜景にも飽きてほとんど窓の外を見ることもない。定時の午後十一時、最初のメールが届いた。

＞封筒の用意と

＞私書箱の確認はすんだか？

＞今日で最後のメールになるだろう。

＞マコト、ご苦労だった。

もうすでにすべてが終わったとでもいいたげな文章である。調子にのっている。まだ自分たちに手が伸びていることをしらないのだ。液晶画面を確認して、啓太郎はテーブルを離れた。おれは返信を打とうとして、キーボードに指先をおいた。

そのとき、ごろごろと下水に汚物を流すような音がした。顔をあげると、窓際で啓太郎がよつんばいになっていた。頭をだらりとさげて、カーペットのうえに吐いている。漏らしているのは、うえだけではなかった。小便で高価なサマースーツのまえが黒く濡れている。角田が叫んだ。

「脳卒中だ。わたしは以前の上司を、目のまえでなくしたことがある。救急車を呼んでくれ」

一兆二千億円の個人資産も爆発的な脳血管の破裂にはなんの効果もないようだった。社長室では誰もが浮き足立っていた。秘書室の誰かが、携帯で１１９番している。おれはとっさの判断でメールの内容を変えることにした。

＞もう誘拐犯の振りは

＞やめてくれ、カズフミ。
＞今、目のまえでおやじさんが
＞倒れた。脳卒中らしい。
＞救急車を呼んでるとこだ。
＞あの飛ばしの携帯が生きてるなら
＞すぐに電話をくれ。
＞緊急事態なんだ。

メールを送信してから十五秒後、社長室の電話が鳴った。ベッドほどある黒檀《こくたん》のデスクの電話をとったのはおれだ。

「父はだいじょうぶか」

カズフミの声だった。

「わからない。どちらにしても、すぐにきてくれ」

「わかった。でも、いつから、メールの相手がわたしだと気づいた」

おれがカズフミと話していることに、みな注目し始めたようだった。

「無記名債で三億円と要求がグレードアップしたときから、疑いはもっていた。板橋の相生町だっけ、そこのアパートに住んでるやつは税務署のことなんて、なにもしってるはずがないからな」

カズフミがかすかに笑った。

「確かにそうかもしれないな、さすがに池袋一のトラブルシューターだ。これから、ミッドシティに移動する。もし途中で父が運ばれる病院がわかったら、連絡をいれてほしい」

「了解」

おれは床に倒れたままの社長をとりまく人の輪から離れて、救急車の到着を待った。


都立大塚病院は南大塚にある総合救急病院だ。脳神経外科もちゃんとある。桂啓太郎は倒れてから三十分後には、救急治療室に到着していた。脳血管の破裂に関しては、発作からの数時間が致命的に重要なのだそうだ。

啓太郎はクモ膜下出血と診断され、鎮静剤を投与されて、暗い治療室で絶対安静の状態におかれた。手術は脳内の止血が確認された翌日おこなわれた。脳動脈瘤《りゅう》をチタンのクリップでとめる開頭手術だったという。もちろん、おれはその手術にはつきそっていない。

それは帰ってきたカズフミの役目だ。


手術から数日して、おれは池袋ミッドシティにでかけた。

緑の芝が広がる公開緑地のベンチに座っていると、五十五階の社長室からカズフミがおりてきた。サマーウールのペンシルストライプの紺のスーツに、紺のシルクタイ。シャツは憂鬱そうな淡いブルーだ。おれのとなりに座った新人専務にいった。

「おやじさんの様子はどうだい？」

カズフミは夜の緑を眺めている。

「すこし言葉が不明瞭で、左半身に麻痺が残っている。リハビリを開始しているよ。あの人は意志がほんとうに強いから。わたしは心配していない」

「そうか、よかったな」

おれたちが座るベンチに夏の夜風が吹いた。モーツァルトの嬉遊曲を思わせる重さのない心地よい翼。

「でも、マコトくんには驚いたな。あの夜、部屋をでたらGボーイズのメンバーが、わたしのことを待っていた。タクシーを探すまでもなかったよ。タカシくんの車ですぐに病院だ」

あの日は朝からGボーイズが相生町で張っていたのだ。別に驚くまでもない。

「それより、あんたはなぜ誘拐犯になんかのったんだ」

カズフミはネクタイをゆるめて、シャツの第一ボタンをはずした。

「ちょっとした気まぐれかな。なにせ、やり口がものすごくへたくそなんだ。それに父を罰したいという気もちもあったのかもしれない」

「そうか」

返事のいらない告白だった。

「あの三億円があれば、池袋に自立支援のための家をつくれると思ったんだ。なんというかあの誘拐犯のような人たちが共同で住めるね。桂リライアンスには内部留保が現金で三百億円以上ある。あのくらいの金ならなんの問題もないしね」

誘拐犯の家をつくるために、誘拐された被害者が金を強請《ゆす》りとろうとしたのである。なんだか変な事件。

「あの私書箱って、どういう意味」

「ああ、あれか。警備保障会社のマンパワーを考えたんだよ。アルバイトでやとった学生を五十人もいっせいに同じ私書箱にいかせれば、彼らにはとても収拾がつかなかっただろう。なにせ、みな同じ封筒をもっているしね」

思わずおれは笑ってしまった。あの間抜けな三人が逃げられたくらいなのだ。そんな意表をついた物量作戦でこられたら、スペリアだかなんだかしらないが、やつらの警備などザルに決まっている。

「おれ、ひとつわからないことがあったんだ。あんたは、誘拐されるまえに、おれとあんたがよく似てるっていってたそうだな。あれって、どういう意味なんだ」

また気もちのいい風がきた。おれは思い切り夜空に伸びをする。

「わたしはニューヨーク近郊の大学にいっていた。社会学の大学院だ。ああいうところで、ベスト・オブ・ザ・ベストの卒業生がなにをするか、マコトくんはしっているかな」

おれは池袋の普通オブ・ザ・普通である。そんなのわかるわけがなかった。黙ってるとカズフミはいった。

「成績上位の一〇から二〇パーセントは公務員の上級職かスタート時の年収が二十万から三十万ドルの投資銀行や証券会社に就職する。わたしの友人にアントニオというプエルトリコ系の男がいた。彼は教授が舌をまくほど優秀だった。あんなに頭のいい人間を、わたしは見たことがない。自信を失ったよ。卒業論文がそのまま出版されて、学界で話題になるくらいなんだ。当然、どこからも就職は引く手あまただ」

「へえ、そんなすごいやつがいるんだ」

おれには想像もできない世界だった。カズフミは微笑んでいう。

「でも、アントニオはすべてを蹴った」

おもしろい男。おれはハンサムなプエルトリコ系の大リーガーを想像した。

「それでなにをやったんだ」

カズフミは流し目でおれを見て、ちらりと笑った。

「マコトくんと同じだよ。彼は自分の生まれた貧しい移民の街に帰っていった。そこで暮らす絶望した若い人たちを救うためだよ。その街で社会学のフィールドワークができるから、一石二鳥でもあるんだ。アントニオは今も、あの街で誰かの手助けをしてる。わかるかな、マコトくん、ほんとうに最高の才能というのは年収三十万ドルくらいじゃ動かないんだ。それはみんなのための力なんだよ」

おれにそのプエルトリカンのような才能があるとは思えなかった。だが、確かにやっていることはよく似ている。

「日本に帰ってきて思った。父の仕事は立派だよ。莫大な経済的富を生んでいる。でも、わたしは別な道をいこう。わたしが生むのは社会的な富がいい。アントニオやマコトくんのようにね。父が垂直のビルをつくるなら、わたしは格差社会でちぎれてしまった人と人を水平に結ぶための力になろう」

やはり頭のよすぎる人間というのは、極端なのかもしれない。

「それであんたはゴミ拾いを始めて、つぎに誘拐犯のコーチになったのか」

カズフミは笑っていた。

「そうだ。でも、父の病気ですべてが変わってしまった。でも、わたしはこの結果で満足している。これでも、きみには感謝してるんだ」

「へえ、どうして」

「父が倒れる前日、話をしてくれただろう。父は不自由な言葉で語ってくれた。わたしには一円にならなくても心配してくれる人たちがいる。あなたはどうなんだ。父は反省していたよ」

カズフミが笑うと、夜風でやわらかそうな前髪が揺れた。

「父と約束したんだ。わたしが入社するからには、利益のテンパーセントを社会還元のためにつかわせてもらいたい。そうすれば、全力で金儲けをするからってね」

おれは声をあげて笑った。となりに座るミッドシティの王子に目をやる。この男が本気で金をつくるというのなら、池袋の景気だって来月には絶好調かもしれなかった。

「わかったよ。あんたの勝ちだ」

カズフミは力強くうなずき、首を横に振った。

「いいや。これからはみんなの勝ちだ」

おれたちはさよならをいって、超高層ビルの足元で別れた。

月曜日の夜、タカシと会った。

またウエストゲートパークのゴミ拾い集会の直前である。おれはやつにもらったぴかぴかのトングとポリ袋をさげていた。ステージのうえにカズフミがあがった。拍手が巻き起こる。キングが耳元でいった。

「あの男はとんだくわせ者だったな」

おれは拍手に負けないように声を張った。

「ああ、おれと同じで飛び切り優秀なんだ」

「飛び切りのお人よしなら、同感なんだがな」

おれは円形広場の四方をとりかこむビル群に目をやった。都心の公園はガラスの渓谷の底にある。夜でも昼のように明るかった。

「なあ、ほんとうに優秀な人間がなにをするか、タカシにわかるか」

「考えたこともないな」

おれはタカシの整った氷河のような横顔を見た。

「自分のためじゃなく、街のみんなのために働くんだってさ」

タカシはさすがに王様で、一瞬だけ眉をひそめるといった。

「くだらない。おれたちはそんなこと、ずっと昔からやってるじゃないか」

「確かにそうだな」

カズフミがまたいつものようにゴミ拾いタイムのスタートを宣言した。あたりはなんだか夏祭りのようなにぎやかさだ。おれはキングといっしょにウエストゲートパークのゴミを拾い始めた。風が吹き、空を夜の積乱雲が駆ける。なあ、都心の公園でのゴミ拾いって、なかなかいかした趣味だと思わないか。なんなら、あんたも来週の月曜日にでもきてみたらどうだ。

定年ブルドッグ

おれたちは今や、どえらい秘密の小箱をいつも身につけて歩いてる。

そのちいさなブラックボックスは、電子の小銭いれになり、デジタル録音もできて、静止画とムービー両方のカメラとしても機能する。音楽プレーヤーやテレビとしても、たいへんに有効（どこでもテレビが見たいなんて下品なやつは、そう多くはないだろうけどね）。インターネットにも接続できて、その場で世界で六番目に人口の多い国は？　なんて質問にも即答できるのだ（正解はパキスタン、約一・六億人）。スケジュール管理やメモ帳として役に立つし、それなりに便利なワープロ機能も付属している。最近のガキのなかには、親指だけで小説なんかを書くやつもいるのだとか。まあ、ディスプレイがちいさいので、それなりに話自体もちいさくなるのはしかたないかもしれないけどね。

秘密の小箱は、あんたが今いる場所をロックオンするGPSのターゲットにもなるし、あんたの顔見しり三百人分（うち友人はテンパーセントというところか）すべての連絡先をのみこんでしらん顔をしている。いってみれば、あんたが何十年かかけて世界中に張りめぐらせたクモの巣の中心に、あの電子のおもちゃがきらきらとメタルケースを光らせて鎮座してるって話。

超ミニとタイツ姿で微笑むキャンペーンガールが、繁華街ならどこにでもいるよな。ああいう心のない女たちがただみたいな値段で売ってるから、なんだかつまらないものに見えるけれど、そいつは大間違い。なんでも携帯電話に収められたプログラムは、原子力発電所に負けないほどの分量で、恐ろしく高度なのだという。

もちろん、ただの道具だから、いいことも悪いこともある。ナイフ、自動車、ケータイに通貨。すべての道具には二面性があって、ときには凶器になるのだ。そいつは人間の顔が無数にある以上、しかたないよな。

今回は、間抜けな恐喝団とひどくごつい年寄りが活躍する秋の池袋の話。小道具は見てはいけない映像を収めた銀色の携帯電話だ。あのオヤジにはおれも少々痛い目にあったけど、こういう仕事をしていたら、たまにそういうことがあるのもしかたないよな。なにせ池袋は警視庁の統計にはあらわれない微妙な小競りあいが、毎日ストリートのあちこちで起きてる街なんだから。

そういうところで育つと、おれみたいに賢くて趣味のいい青年になるものだ。なあ、全国のご両親、あんたのところの子どもも池袋に連れてこないか。受験技術だけ押しこむ学習塾よりも、ずっと子どもの生きる力がつくと思うんだけどね。


その電話は秋の夕日みたいに赤い富有柿を店先にならべているときにやってきた。時刻もちょうど、西一番街のビルの空が、透明に燃えあがる夕方。うちの店は夜遅くが稼ぎどきなので、まだまだ客のほうはさっぱりだった。店先ではベートーヴェンの七番がかかっていた。だって秋といえば、この黄金の七番だろ。テレビドラマで何度もかかっていたから、すっかりおなじみになったかもしれないが、いい曲であることに変わりはない。

携帯電話からは、きき慣れた声がした。

「マコトか」

池袋の街でずっと王様を張り続け、永世キングの噂もあるタカシだった。

「そうだけど、合コンの誘い以外はお断りだ。おれ、今、締切で頭がいっぱいなんだ」

ストリートファッション誌に連載しているコラムの締切まで一週間だった。もちろん枚数はたいしたことないんだが、この時点でネタが決まっていないとかなりキツイ。なにせ、ライターとしてのおれはセミプロだからね。タカシはひどく愉快そうに低く笑った。

「なんだ、またネタ切れか。だったら、こっちの話もきいてみたらどうだ。すこしはおまえの書いてるコラムに役に立つかもしれない」

おれは柿をおいて立ちあがった。

「つかえそうなネタなのか」

おれがくいついてきたのがわかったのだろう。王様は余裕だ。

「どうかな。だが、なかなかおもしろい話ではある」

このところ池袋も静かな日々が続いていた。そろそろ店番以外の副業もいいかもしれない。コラム書きといっしょで、ぜんぜん金にならないサイドビジネスだが、それでも退屈しないだけましだった。

「わかったよ。きかせてくれ」

最近の携帯って、ほんとにノイズがすくなくなったよな。耳元できくタカシの声は、実物のようだった。

「ちょっと待て」

それだけいうと、通話がぷつんと切れてしまった。同時にジーンズのポケットに携帯電話をしまいながら、タカシが角を曲がってやってきた。この秋流行のスクールボーイ風のパイピングがついた紺のブレザーに、ワンウォッシュのジーンズ。あい変わらずおしゃれ。ボディガードは最少の二名だった。やつはうちの店のまえのガードレールに座ると、右手をあげていった。

「よう。こいつはベートーヴェンの七番第二楽章のアレグレットだな」

最近おれの影響で、タカシもクラシックをきき始めていた。やつは頭もいいが、耳もいい。これではすぐに追い抜かれてしまうかもしれない。おれはキングにかなりのスピードで柿を投げつけてやった。アンダーハンドのトスじゃなく、オーバースロー。やつは顔色も変えずにぴたりと吸いつくように果物を受けとり、にやりと笑う。

「音楽の趣味はいいが、ピッチャーとしての才能はあまりないみたいだな」

おれもならんで腰をおろした。随行員の二名はうちの果物屋の左右に展開した。

「で、今回の依頼はなんなんだ」

タカシは皮をむかずに富有柿にかじりついた。

「甘いものだな。渋そうな振りして甘いところは、マコトによく似ている。依頼主はおれではない。おまえの嫌いな暴力団でもない。若い女だ。くわしい話は、おれもよくしらない」

王様にはあきれたものだ。下々の生活に関心がないのかもしれない。

「たったそれだけの情報で、おれに話を振ってきたのか」

池袋の氷の王は眉をしかめた。生意気な口をきく忠臣をもっていないのかもしれない。

「ああ。Gガールズ経由で、話はもちこまれた。なんでも、若い女が恐喝されて困っているらしいとな」

恐喝なら、ただの金目あてだった。

「そいつは立派な犯罪だ。警察にいけばいい」

タカシはにこりと笑った。このままあと二十秒も笑顔でいれば、池袋中の若い女たちが押し寄せてくるだろう。うちの店の売上もあがるかもしれない。

「事情があって、警察にはいけないんだそうだ。孤立無援で、若い女が困っている。どうだ、おまえの好きそうな状況じゃないか」

確かに嫌いではないかもしれない。女がスタイルのいい美人なら、なおさら。だが、とてもコラムのネタになるようなおもしろい事件とはいえなかった。いくら企業は空前の好業績で、東京都心はミニバブルといわれても、池袋のガキにまでは金は降ってこなかった。最近のストリートでは、やたらと恐喝や詐欺や引ったくりが多いのだ。ボーイズ&ガールズはそれなりに見栄えのいいカッコはしているが、とことん金をもってない。

「よわったたな。ぜんぜんやる気が湧いてこない。うちで店番していたほうが、ましな気がするよ」

まあ、だいたいの事件はそんなものだ。タカシは生まれつきの王様なので、ねばるということをしらなかった。

「そうか、だったら無理だったといって断っておく。今夜、待ちあわせを指定しておいたんだがな」

そういわれたら、引くのも困難だった。タカシはジーンズのポケットから、携帯電話を抜いた。データフォルダから映像を選んでいる。お目あてが見つかったようだ。おれのほうにちいさな液晶画面をむけた。

黒髪に黒く、おおきな瞳。アイラインはチョークで塗ったような太さ。始終トラブルを起こしているアメリカのティーン・アイドルを思わせる女だった。ブリトニー。美人といえば美人なのだが、どこか壊れている。

「わかったよ。話だけでもきいてみる。どこにいけばいい」

「ハードコアまえで、十二時に」

おれはすかさずやつにいった。

「こいつはタカシ経由の依頼なんだから、なにか手が必要になったらGボーイズを借りてもいいんだよな」

すこし考える顔をして、やつはいった。

「うーん、場合によっては。あまり手間をかけさせないでくれ。おいしかったよ、ごちそうさま。おれはこれから集会があるんだ」

たべ残しの柿をおれのほうにさしだす。しかたなく受けとった。きたときと同じようにさよならもいわずに去っていく。おれはてのひらのうえの柿と押しつけられた見栄えのしないトラブルを、心のなかで比較していた。いったいどちらを、王様の紺ブレに投げつけるべきか。人の痛みがわからないなんて、高貴な生まれの人間には困ったところがある。

池袋にも、六本木や渋谷ほどではないがクラブはある。ハードコアはテクノ系のダンスミュージックとパンクロックの境界線上のいかした音楽をかけるなかなかいかした箱。おれは店を閉めたあとで、西口の線路わきにあるクラブにむかった。

本格的な秋になっても東京は夏の終わりのあたたかさ。長袖のネルシャツ一枚でも汗ばむほどだった。ホテル街のあちこちに空室のネオンサインが灯《とも》っていた。人影はなくひっそりしている。地下におりるクラブの階段の周辺だけ、ガキが集まってときどき奇声をあげていた。おかしなクスリでもやっているのかもしれない。合法のクスリでもいかれたつかいかたが山のようにあるからな。

依頼人らしい女は見あたらなかった。おれは駐車場の端で灯台のようにまぶしい自動販売機の横に立ち、女を待った。腕時計を確かめる。十二時ちょうど。そのまま、五分に一度、文字盤を見ること四回目。そろそろ帰ろうかと思っていると、ふらふらした足どりで細い影が階段をあがってきた。

女は周囲をきょろきょろと見わたしている。おれに気づいたようだ。まっすぐにこちらにむかってきた。おれは女を観察した。身長は百七十近く。ひどくというより、病的に細い。黒のホットパンツはもうすこしでショーツが見えそうなくらい短かった。ひざのなかばまであるストッキングは流行のシルバーだ。パンツからさがって揺れているのは、ガーターベルトのストラップのようだった。うえはノースリーブのシルバーのTシャツ。綱引きにつかえそうなくらいの長さのマフラーを巻いている。全体としては不健康な歩くマネキンというところか。

すると女は、きゃははと笑っておれに手を振り、道路のまんなかでつまずいて、盛大な笑い声をあげたままよつんばいになった。おれは思わず口のなかでつぶやいた。

「……おいおい」

そのまま帰ろうかと思った。だが、女は転んだくらいでは平気なようだった。両手をアスファルトについたまま、おれに声をかけてくる。

「あんた、マコトさんでしょう」

違うといえばよかったのだが、おれは根が正直だ。

「そうだけど、そっちは誰だ。今夜何杯のんだんだ」

「わかんなーい」

女はやけになって笑うと、池袋の月のない夜空に顔をむけた。汗で化粧はどろどろ。最悪の登場だ。これではいいラブストーリーになるはずもなかった。

おれは自動販売機でミネラルウォーターを二本買った。ホットパンツの女にわたしてやる。どこかほかの場所に移動するのが面倒で、コインパーキングの隅の暗がりに場所を変えた。まだほのかに昼の熱を残すアスファルトのうえに、直接座りこむ。お行儀はよくないが、目撃者はいないから、まあいいよな。

「Ｇボーイズのキングからきいた。あんた、困ってるんだってな」

女は汗だくのようだった。よほど激しく踊っていたのだろう。のどを鳴らして、冷たい水をのんだ。豪快に口をぬぐっていう。

「そうなんだ。あんたがマコトっていうんだよね。トラブルシューターなんでしょう。なんかバンドの名前みたいだね」

こんなに貧乏で心やさしいロックスターがいるものだろうか。早く切りあげて、さっさと寝よう。

「あんたの名前は」

「宮崎はるな。二十二歳。Ｂ型。まっすぐに飛ぶ射手座」

開いた口がふさがらない。

「はいはい。よくわかったよ。それでトラブルの種は」

もう完全にやっつけ仕事になっていた。ハルナはヒップポケットから携帯電話を抜いた。ぱちんとバネ仕掛けでフラップを開き、写真を選んでこちらにむける。なんだかよくディスプレイを見せつけられる日。

「こんな写真があと何十枚もあるんだ」

赤いロープで縛られたハルナの写真だった。着ているのは胸が丸く開いたフィッシュネットの全身タイツだけ。ハルナの乳首をちいさなクリップがつまんでいた。表情は控えめにいって、最高にたのしんでるって顔。おれは他人のプレイ写真を見せられてうんざりしていた。

「よかったな。趣味のあう男が見つかって」

ハルナはアスファルトのうえであぐらをかいていた。おおきな目のまわりは病みあがりの悪魔のように真っ黒だ。

「つきあってるあいだは、ほんとによかったんだよね。なんというか、情け容赦ない感じがさ。でも、別れたら態度が変わったんだ」

だいたいの男は別れた女には態度を変えるものだろう。あんたは違うかな。試しにおれはいってみた。

「そいつはよっぽどひどい変化だったのか」

「そう。こんな写メを何枚かおくってきて、二百万よこせって」

クズのような男に間違いないが、どうにも微妙な数字だった。本格的な犯罪者が要求するような金額ではない。

「元彼の名前は」

ハルナは歌うようにいった。

「池本和麻。二十七歳。ＡＢ型。臆病な乙女座」

この女とつきあう限り、ワンセットで人物紹介をされるのだろうか。控えめにいって、とてもうんざりする。

「カズマはほかになんていってた」

ハルナはすこし考える顔になった。

「うーん、そのくらいの金額なら、サラ金を何軒かまわればかき集められるだろう。おまえなら、池袋のSMクラブでバイトでもしたら、すぐに返済できる額だ。おまえのおやじは警察官だから、娘のSM写真が送りつけられたら困るんじゃないか」

なるほど、警察には届けにくいわけだった。役人はどの国でも、ゴシップを極端に嫌う。

「臆病な乙女座のカズマは、ほかになにかいってなかったか」

「そうだなあ、二百万払わなければ、この写メを学校や警察やわたしの友達に送りつけるって。なんでも、わたしの携帯からアドレス帳を抜いたんだって。なんでそういうことするかなあ」

最近は携帯電話のデータをコピーする便利なソフトが出まわっている。頭のいいやつはなんでも悪用するものだ。それにしても、ひどくおっとりした被害者だった。別にSMのプレイ写真をばら撒かれてもたいして痛くはなさそうな女。

「あとね、悪いのはわたしのほうだって、カズマはいってた。おれを捨てるおまえのほうが悪い。涙ぐんで、そういってたよ」

気もちの悪い男。さぞキモメンに違いないと思って、おれはきいた。

「つきあっていたなら、そいつの写メも残ってるだろう。見せてくれないか」

ハルナは携帯を操作して、カズマの写真を探した。

「えーっと、どれが一番写りがいいかなあ……」

「おれはそいつの顔がわかればいいんだ。ベストショットは必要ない」

だが、ハルナはなかなか写真探しをやめなかった。女心は不思議だ。脅迫されている元彼でも、いい男に見せたいものだろうか。ハルナはようやくディスプレイをおれにむけた。

「じゃあ、とっておきのこの写メで。どう？」

白いシャツに鉛筆のように細いブラックタイ。髪は昔ながらのパンクヘアで、スプレイでぴんぴんにとがっていた。顔のほうは、これが意外なことにキモメンでなく、ちゃんとイケメン。目のまわりはハルナと同じように黒いシャドウがばっちりはいっている。でも、どこか嫌なにおいのする顔だった。ナルシシズムと病的な傷つきやすさ。二十七歳にもなって、それがすねた口元にあらわれている。

「アイシャドウって流行なのか」

ハルナはぱちんと携帯を閉じた。

「別に流行ってわけじゃないけど、気分が落ちてるときに、目のメイクをするとあがるね。とりあえず、どっか遊びいこうかって気になるよ。マコトも塗ってみる？　今もってるから、やってあげてもいいけど」

メイクをした店番か。池袋ならありかもしれないが、おれは絶対に嫌。

そのあとハルナからカズマとの出会いと恋の始まりと終わりを延々ときかされた。真夜中のクラブで出会い、夏の盛りに最高潮になり、秋になって終わったという女性週刊誌的なストーリーだ。ありふれている。最後にハルナはいった。

「今回のことはうちの父親には世話になりたくないんだ。だから、絶対にないしょなの。わたしの力だけでなんとかしたい」

めずらしく真剣な顔つきをしたハルナが唇をかんでいた。

「どうして」

「うちはわたしが子どものころ母親が死んで、ずっと父親が育ててくれたんだ。男手ひとつっていうの、わたしは大嫌いな言葉だけど。うちの父親は王様みたいに偉そうで、人のことをコントロールしようとしてばかりいるけど、感謝してるところもある。だから、わたしは父親の手を借りないで、すっきり解決したいんだよ」

「そうか」

誰もが誰かの娘や息子であるというのは、真実だった。目のまわりが真っ黒で、SM好きの女の子でも、それは変わらない。それまではこの事件を受けるかどうか迷っていたが、最後の話でやってみる気になった。そこで、ようやくおれたちは携帯電話の番号とメールアドレスを交換した。なんだか不思議だよな。あの何桁かの数字を交換しないと、人とであった気がしないなんて。

コインパーキングの隅で立ちあがり、ジーンズの尻をはたいた。池袋の夜空には地上の明かりを映した虹色の雲が動いている。

「おれは帰って寝るけど、そっちはどうするんだ」

ハルナも立ちあがった。ヒールをはいているので、おれと背がたいして変わらなかった。

「クラブにもどって、オールする」

「そうか。たのしんでこいよ。でも、今度は変なS男に引っかからないようにな」

なんだか名残惜しげな顔をして、ハルナがうわ目づかいにおれを見た。

「ねえ、せっかくだから、マコトも踊らない？」

おれはもう音楽では踊らなかった。静かにきいているだけで十分。

「いいや、明日も店があるから。困ったら、すぐ西一番街にくるんだぞ」

ハルナは地下へおりる階段に歩いていった。二、三段ステップをおりると、振り向いて両手を口にあて叫んだ。

「あのさあ、マコト、全部うまく片づいたら、遊んであげるからね」

自信過剰な女、ハルナ。なぜか、おれはもてなくていい女にばかりもててしまうのだ。


一日の過酷な労働のあとで、オフビートの脅迫話を夜中まできかされて、すっかり疲れ切ってしまった。さっさと家に帰り、シャワーでも浴びて寝よう。腕時計は一時半だった。さすがの池袋駅まえも、人どおりは昼間の二十分の一くらい。

だが、トラブルが続く日というのは、雲のうえにいる誰かさんがそう簡単には許してくれないものだ。近道をしようとホテル街の路地にはいったところで、目のまえに黒い小山のような人影が立ちふさがった。

いったい誰なんだろう。事件を引き受けたばかりで、もうカズマから狙われたのか。おれが驚いていると、おおきな男がすたすたとすり足で近づいてきた。

「おまえが池本か」

腹から低い声をだす。違うと叫ぼうとしたら、ネルシャツの襟元をつかまれた。とんでもない握力。絞りあげられただけで身動きができなくなった。そのまま振りまわされた。気がつくと天と地がさかさまになっている。体落としだろうか。あまりに切れ味が鋭いので、投げられたという気がしない。地面に投げつけられていたら、そのまま病院送りだろうが、男は引きつけを解かなかった。アスファルトに伸びたおれのうえに、男が馬のりになった。重い。小型トラックにでものられたようだ。男はぎりぎりと襟元を締めあげてくる。

「おまえが池本だろう。はるなさんになにをした」

ひどくでかい男だが、よく見ると髪は半分白かった。六十代だろうか。けれども身体の厚みはおれの倍くらいはある。おれは男の腕をタップしていった。

「……人違いだ。なんなら、ハルナに電話してくれ。おれは真島誠だ」

男はおれの目を見た。あたりまえの話だが、おれが別れた女を強請るような下品な人間ではないと、ようやく気づいたようだった。身体からおりるとおれを助け起こし、直立不動で頭をさげた。

「すまない。ついあせってしまった。ケガはないか」

別にケガをしたところはないと思っていた。けれども、地面に勢いよくあたった左足のふくらはぎの外側が痛みだした。心臓の鼓動にあわせて、ずきずきと主張している。

「たいしたことはないけど、足が痛いな」

初老の男はまったく気にしていないようだった。

「そうか、すまんな。ところで、あんたははるなさんとどういう関係だ」

さんざんな一日のあと、真っ暗な路地で年老いたクマと対峙《たいじ》する。おれの気分も考えてみてほしい。このクマが敵か味方かもわからないのだ。おれは慎重にいった。また体落としをくらうのは勘弁してほしい。

「あるトラブルにハルナが巻きこまれて、おれがそいつを解決するように依頼を受けた」

男は腕を組んだ。

「なんだ、きみはそんな格好をしているが、探偵なのか」

「いや、探偵じゃないよ。金もとらないし、プロじゃない」

男はじろじろとおれの頭からつま先まで遠慮なく視線でさぐった。おれは別に凶器などもってはいないのだが、自分がテロリストにでもなった気がする。

「だが、あんたならクラブというのか、ああした場所に集まる若い人間のことにも詳しそうだな。ちょっと話がある。顔を貸してくれないか」

池袋も深夜二時の丑三《うしみ》つ時だった。おれは自分の四畳半の布団が恋しい。

「これから？」

「そうだ。明日になれば、また状況が変わるかもしれん」

とことんつきのない夜だった。おれはとぼとぼと背中を丸め、異様に姿勢のいい初老のクマのあとをついていった。


おれたちがはいったのは西口ロータリーにあるマクドナルド。二十四時間営業で、こんな時間でも半分の席は埋まっていた。クマはおれのまえにアイスコーヒーをおいた。窓の外にはタクシーの列だけが長い、淋しい駅前広場が広がっている。こうしてみると都心というより、どこかの地方都市の駅まえのようだった。池袋の街はちいさいし、東京を洗う再開発の波もわずかしかおよんでいない。それがおれとしては、いい感じなんだけど。クマはホットコーヒーをひと口のむと、不機嫌そうにいった。

「わたしは大垣忠孝という。見てのとおり、元警察官だ。現役のころの上司は宮崎裕史警備課長だった」

「ハルナのおやじさんか」

大垣は自慢げに胸を張った。

「そうだ。宮崎課長は警視庁柔道部では後輩だが、仕事のうえでは上司だった。ノンキャリアだが、警視正どころか、いつか警視長にもなれる人だ。それで、今回……」

普段夜の早いおれは眠くてしかたなかったが、あわてて元警官をとめた。

「ちょっと待ってくれ。おれはハルナから、恐喝の件はおやじさんに絶対ないしょだといわれてる。なんで、その課長があんたに捜査を頼んだんだ」

大垣は渋い顔をした。

「課長のところにも、写メールが送られてきた」

「そいつはハルナが縛られてるやつか」

腕っ節は強くても、昔の男だった。元警官はマックのなかをきょろきょろと見わたした。

「そんなことをおおきな声でいうものじゃない。お嬢さんは、まだ嫁いりまえだぞ」

乳首をクリップではさまれてよろこんでいる嫁いりまえか。時代は変わったものだ。おれは、それでもぜんぜん問題ないと思うけどね。

「じゃあ、ハルナのおやじさんは恐喝事件のことはしってるんだな」

「そうだ」

考えてみたら、おかしなものだった。ハルナはおやじさんに黙ったままなんとか事件を解決しようと、おれに依頼した。おやじさんのほうは、ハルナに秘密にしたまま、昔の部下をつけた。ハルナはさんざん父親の悪口をいっていたが、案外お互いのことを思いあっているいい親子じゃないか。

「仮にだけど、娘のこういうスキャンダルがばれたら、警察のなかでのおやじさんの立場はどうなるんだ」

小山がうねるように僧帽筋が盛りあがった。大垣は全身に力をためて、冴えない顔をする。

「そこで昇進はストップだろうな。もううえの目はなくなる。警察は減点主義だ」

おれは目のまえにいる大男をもう一度観察した。この際、この男の手を借りるのもいいかもしれない。おれよりも恐喝男をびびらせるには適役だろう。

「ところで、さっきの投げ技すごかったけど、大垣さんって若いころは強かったんだよな」

元警官は鼻の穴をふくらませ、胸を張った。

「ミュンヘンオリンピック柔道無差別級の指定選手だった。選考会では決勝で負けてしまったがな」

なるほど、六十代でもぬいぐるみのように軽く人を投げられるわけである。

「だったら、こうしないか。おれたちは協力して、池本というガキをはめる。もちろんすべて表ざたにならないようにカバーしたままで、警察もノータッチだ。目標は、やつにお灸《きゅう》をすえて、携帯電話のなかにあるハルナの写真をとりもどすこと。それでいいかな」

大垣はおれの顔をじっと見ていた。六十代と二十代。体重百キロ超と約七十キロ。白い半袖の開襟シャツとチェックの古着ネルシャツ。元警官と元不良。おれたちはなにからなにまで対照的だった。だから、逆にいいコンビになれるかもしれない。

元警官はしっかりとうなずいた。マックのテーブルのうえにグローブのような手をさしだす。

「わかった。なんだか頼りない相棒だが、マコトはわたしのしらない若い人間の世界もわかっているんだろう。よろしく頼む」

おれは分厚い手をにぎっていった。

「OKだ、ビッグブラザー。さっさとこんなつまらない事件は片づけちまおうぜ」

翌日の再会を約束して、おれたちは昼間のように明るいファストフード店をでた。

翌日はいつものように昼まえに店開きした。前日にタカシが座っていたガードレールに、腕を組んで大垣が腰かけている。曲芸するクマのようだ。

「ちょっと待っててくれ」

おれはひと声かけてから、店先に果物のはいった段ボールをならべていった。

「手伝わせてもらう」

そういって、メロンやリンゴやナシのはいった箱を軽々とみっつずつ重ねて運んでいく。三、四十キロほどの重さは、このクマにはなんでもないようだった。

「あら、申しわけありませんね」

うちのおふくろが店の奥から顔をだして頭をさげた。大垣は頭をかいて、困った顔をした。

「昔の人間なもので、誰かがひとりで働いているところを見ると、じっとしていられんのです。これからしばらく息子さんをお借りします。危険のないように気をつけますので、よろしくお願いします」

ていねいで腰の低いものいいだった。おふくろは一発でやられてしまったようだ。芝居のようにぽんと胸をたたくといった。

「こんな男でよかったら、いくらでもこきつかってやってください。マコト、いい仕事しないと、あたしが容赦しないよ」

まったく息のあった年寄りというのは恐ろしいものである。


店開きを終えたおれたちは、秋のウエストゲートパークに足を延ばした。今年は暖冬の影響で、ケヤキもソメイヨシノもまだかすかに色づいただけで、落葉は始まっていなかった。当然、街を歩くガキどもも夏のファッションでとおしている。マイクロミニに、へそだしのカットソーや薄手のニット。生足にロングブーツが見ものだった。地球温暖化も悪いことばかりじゃない。

パイプベンチのとなりでは、大垣が元警官の癖を発揮していた。ちいさな黒い手帳をとりだして、ボールペンでメモをとる態勢にはいったのだ。これまでおれといっしょに動いた人間で、まともにメモをとるやつなど皆無だった。やはり本筋は違う。

「今回の事件は簡単なんじゃないか。池本を呼びだして、適当に脅せば片がつく。なにせむこうも二百万よこせと恐喝をしてるんだ。自分から警察に駆けこむこともないだろ」

おれがそういうと、大垣は驚いた顔をした。

「マコトはこういう事件に慣れてるのか」

「まあな、池袋じゃあ、この手の間抜けなトラブルがセミみたいに発生してるんだ」

おれは背後のケヤキに目をやった。十月でも、まだ暑苦しく鳴いている。

「だが、池本をどうやって呼びだす」

この元警官は、やはり肉体派のようだった。考える役は全部こちらに投げてくる。これでは出世がそこそこだったのも無理はない。問題はそこだった。アマチュアの恐喝犯をどう呼びだすか。

だが、考えるまでもなかった。池本につながっているラインは一本しかないのだ。おれは携帯を抜いて、ハルナの番号を選択した。ウインクをして、大垣にいう。

「待っててくれ。うまくすれば、今日中に終わりにできるかもしれない」

大垣は信用できないという顔をして、おれのほうをにらんでいた。


「おれ、マコト」

ひどく眠そうな声が返ってくる。

「なによ、こんな時間に。わたしは昨日オールで踊ってたんだよ」

そうはいっても時刻はすでに日も高い午前十一時すぎ。おれはクライアントの体調を無視していった。

「なあ、カズマのアドレスあるよな」

「あるけど、それがどうしたの」

「今、どこにいるんだ」

「要町のお友達の部屋」

地下鉄でひと駅の距離だった。まあ、この公園までなら、地下に潜るより歩いたほうがはやいかもしれない。

「だったら、すぐにきてくれ。おれはウエストゲートパークにいる」

「なんなのよ、いったい」

「だから、おれはこういうお手軽な事件はさっさと片づけたいんだよ。金も払ってないくせに文句いうな。いいか、すぐだぞ。一時間後に円形広場でな」

ハルナはなにかいいかけたが、おれは無視してガチャ切りしてやった。やっぱり金をもらったプロの仕事ではこうはいかない。アマチュア万歳だ。おれはなにがなんだかわからないという顔をした大垣にいった。

「というわけだから、昼めしくいにいこう。説明はちゃんとするから」

大垣は不服そうな顔をする。

「お嬢さんにはわたしのことは隠しておいてくれ」

「わかってるって」

吉野家で牛丼をたべて、ドトールでアイスコーヒーをのんだ。あわせて五百円とすこし。デフレって貧乏人には最高だよな。おれはフラッシュで浮かんだ計画を大垣に話してやった。ドトールの二階で、やつは疑わしそうにいう。

「ほんとうにそんな杜撰《ずさん》な計画で、犯人をあげられるのか」

おれはアイスコーヒーをひと口のんだ。牛丼のあとのコーヒーっていいよな。

「池袋で悪さをしてるガキはみんな程度が低いんだ。このくらいで十分。だいたい大垣さんをつけたところを見ると、課長だってちょっと腕力で脅せばすぐに相手は落ちると読んだんだろ」

クマの顔にゆっくりと理解の色が浮かんだ。

「それもそうだな」

でかい声じゃいえないが、現場の警察官のレベルは実際にこのくらいのもの。しっかりしてるのはシステムであって、個人ではない。日本のあらゆる組織につうじる話だ。

おれたちは適当に時間を潰し、カフェをでた。池袋の駅まえはなんでもそろっていて、実に便利だ。


約束の時間の十五分後、ハルナは昨日の夜と同じ格好でやってきた。ベンチのとなりに座るとちょっと汗のにおいがした。大垣は離れたベンチにサングラスをかけて座り、スポーツ新聞を広げている。

「携帯貸してくれ」

おれが右手をだすと、ハルナが実に嫌そうな顔をした。別に下着を見せろといったわけじゃないが、今では携帯は人のもつもっともプライベートな道具だから、それもしかたないのかもしれない。

「なにするの」

「メールを打つ」

またも疑わしげな顔。おれのやることにはよくよく信用がないのだろう。

「マコトがわたしの代わりに、わたしの携帯でメールを打つの」

「そう。それでカズマをここに呼びだす」

ようやくわかったようだった。

「でも、ばれないかな。マコトって絵文字とかつかわないでしょう」

つかわない。というより、携帯のメールはめったに打たないのだ。

「だからさ、すまないけどカズマとのやりとりを全部読ませてくれ。おれがハルナの振りをしなくちゃいけないんだからさ」

クラブとＳＭが好きな警視庁幹部の娘の役をやるのだ。今回の事件でもっともむずかしいのは、女役でメールを打つことかもしれない。

そのままベンチで一時間。

おれは数百もあるカズマとハルナの愛の往復メールを読みこんだ。春の終わりにクラブでしりあった直後のメールはひどくやさしかった。それがだんだんとおれさまの地がでてきて、夏にはすっかりご主人さま気どり。だが、がくんと調子が変わったのは、九月にはいってからだ。おれはいきなりののしりから始まるメールを見せてから、ハルナにきいた。

「このころ、なにがあったんだ」

最低のクズ女！　から始まるメールを読んでも、ハルナはまったく顔色を変えない。

「束縛がひどくて、うんざりしてきたんだ。それで、許可なく合コンにいったら、そのあとはずっと切れまくり。カズマって、自分のいうとおりに動く人形みたいな女が好きなんだよ」

年がいくつでも関係なかった。その手の未成熟な男はどこにでもいる。メールを読んでいくと、態度が急変してから二週間後にふたりは別れ、さらに翌週には恐喝が始まっている。素晴らしかった恋愛のうんざりするような幕切れを読まされて、おれもすっかりげんなりしてしまった。こんなことなら、秋の池袋でひとり身も悪くない。

「さて、ちょっといってみるか」

おれは新規メール作成の画面を呼びだして、肩をまわした。遠くのベンチの大垣に目をやった。あきれた顔で初老のクマが見つめ返してきた。おれが打ちこんだ偽者メールはこんな感じ。

＞久しぶり、カズマ♥

＞あれから、いろいろ考えたけど、

＞わたしが悪いところも

＞すこしあった気がするんだ。

＞約束のお金、全部は無理だけど、
＞ちょっと用意できたから、
＞今日会えないかな？
＞カズマの顔も見たいし♥
＞4時にウエストゲートパークで
＞待ってるね、きっとだよ♥♥♥

ハートマークを三回続けたところで、おれの背中に寒気が走ったがなんとか無視した。ハルナは横からディスプレイをのぞきこんで、非難の声をあげた。

「いっとくけど、わたしはあんなやつの顔なんてぜんぜん見たくもないし、わたしが悪かったなんてこれっぽっちも思ってないから」

それはそうだろう。ベッドでの写真で別れた女を脅すようなクズである。

「わかってる。もちろん金だって一円もやるつもりはない。だが、自分勝手な男には、これくらいのエサを撒いておいたほうがいいんだ。やつらはみんな自分が世界の中心だと思ってるからな」

「それはそうかもしんないけど」

ハルナは納得のいかない顔でそういった。

カズマとの待ちあわせの二十分まえに再集合することにして解散した。ハルナはパルコで秋冬ものの服でも見て時間を潰すそうだ。おれはふらふらと東武口に遠ざかっていくホットパンツのうしろ姿を見送って、別のベンチに移動した。

「マコト、ほんとうにメール一本で池本がつりあがるのか。どうも、きみは危なっかしくていけない」

サングラスをはずすと目がちいさくて、なかなか愛嬌のある顔だった。おれは肩をすくめた。

「わかんないよ。でも、メールでは金をわたすと書いたし、まだ池本に未練がある振りもしておいた。たぶんおおよろこびでくいついてくるんじゃないかな」

おれがベンチのとなりに座ると、大垣がスポーツ新聞をたたんだ。この秋は、相撲界に関する黒いニュースが毎日紙面を飾っている。

「まあ、警官を何十年もやってると世のなかの見方は簡単になる。この世界には裏と表があるが、表の裏とか裏の表のようなことはめったにない。普通の犯罪者というのは、裏の裏ばかりで、街の事件などというのは、昔はすぐに絵解きのできるものばかりだった。あれは、十五年ばかり昔かな、バブルが終わってしばらくして、街も犯罪もわけがわからなくなったのは」

わけがわからないのは、おれだって同じだった。

「その気もちはわかるよ。あんたが宇宙人だと思ってる若いやつらだって、この世界がどうなっていくのか、まるで読めないいんだ」

大垣は疲れた様子で立ちあがった。

「つぎは四時だったな。喫茶店でひと休みしてくる。考えてみると、わたしはいい時代に警察官ができたのかもしれない。今だったら、もうあの仕事は続かないだろう」

　のそのそと大垣は駅のほうにむかって消えていった。丸めたおおきな背中。人生の盛りが終わってしまった気分というのは、どんなものなのだろう。おれは自分自身の四十年後を想像しようとした。明日の暮らしさえわからないのに、そんな時の果てのことなどわかるはずがない。

　おれはひとつ百五十円の富有柿を売るために、うちに帰った。迷ったときは目のまえの仕事に集中する。それが庶民の賢い生きかただよな。


　秋の午後四時は日ざしがだんだんと黄金色に熟《う》れてくる時間だ。

　ウエストゲートパークは金の粉でもはたいたように、すこしくすんでいた。まあ、ただほこりっぽいだけかもしれないけどね。ハルナは今度はきちんと時間どおりにやってきた。ベンチに座り、携帯をぱたぱた開いたり閉じたりしながらカズマを待つ。おれはとなりのベンチで様子をうかがっていた。

　大垣はまたも遠く離れたベンチにいる。今回はおれの舌先三寸ですむようなら、オリンピックの強化指定選手の出番はなし。なにせ、ここはまだ日も高い駅前の公園だからな。おれは携帯を開いて、大垣に電話をかけた。

「きこえるか」

　十五メートルほど離れたベンチでやつは携帯を耳にあてている。

「ああ、きこえる」

「そろそろ池本のくる時間だ。このまま携帯をつないでおくから、おれたちの話をきいていてくれ。通話は録音モードにしてあるよな」

大垣の低い声が耳元できこえた。

「ああ、だいじょうぶだ。それより、わたしがでていって徹底的に脅しをかけたほうが、話は早いと思うんだが」

「池袋署の目のまえのこの公園でか。なんにしても平和的な解決のほうがいいに決まってるだろ。ここは道場じゃないんだぞ」

誰にしても同じことだが、もっている力というのは行使したくなるものだ。力の行使に酔うとどういうことになるかは、アメリカの中東政策が証明している。

「いいだろう。だが、マコト、なにかあったら、救援を呼ぶんだぞ」

「ありがとう、心強いよ、ビッグブラザー」

おれは大垣がジョージ・オーウェルを読んだかどうか疑問に思いながら、口を閉じた。


午後四時ぴたりにカズマが東武口からウエストゲートパークに侵入してきた。意外と小柄だ。百七十センチないくらい。ぴちぴちに細いブラックジーンズに革のライダース。髪は例のパンクスで、アイシャドウも写メと同じ。「シザーハンズ」か、こいつ。やつはハルナの座るベンチのまえに立つと、おれさま声でいった。

「よう、久しぶりだな。ちょっとは反省したか」

ハルナは吐き気をがまんするような顔をしていた。確かにこのガキは気もちが悪い。おれのほうを見て、打ちあわせどおりのきっかけをいった。

「マコト、こいつがイケモトカズマだよ」

おれはカズマの顔を見ながら、ゆっくりと立ちあがった。

「カズマって、おまえか。おれがハルナの新しい男だ」

Ｖシネマのような台詞だった。寒すぎる。だが、このくらいわかりやすくないと、インパクトがないからな。おれがやつに近づいていくと、やつは半歩さがった。

「昔の写真で、ハルナを強請ってるんだってな。最低の男だな、おまえ」

おれはシャツの胸ポケットの携帯を確かめた。きちんと通話中になっているだろうか。カズマの背後のベンチでは、元警官がきき耳を立てていた。ここはしっかりと恐喝犯を脅さなければいけない。

「おまえ、そんな写真が金になるとでも思ってるのか。金を強請るのも犯罪だし、写真をばら撒いても犯罪だ」

「それが、どうした」

池本和麻。二十七歳。ＡＢ型。臆病な乙女座。おまけに職を転々とするフリーターの声は意外にかん高い。

「ハルナから、警察官のおえらいさんのクソオヤジの話はさんざんきかされた。その女がバリバリのＭになったのも、えらそうなオヤジのせいだろうが」

口げんかと意地の張りあいなら、おれが負けるわけがなかった。さらにまえにすすみ、やつにプレッシャーをかけていった。

「間抜け。おれがハルナのおやじの心配をすると思うか。そんなやつがどうなろうが、関係ないんだよ」

ベンチにいた元警官があわてて、腰を浮かせた。おれはおかしくてしかたなかったが、なんとかこわもての顔を維持した。

「だがな、つきあってる女のヌードをばら撒かれるのは気にいらない。おれはおまえの携帯の番号もアドレスもしってる。おまえが住んでるアパートもしってる。カズマ」

最後に名前を呼んだときの声は、平和な公園にいる周囲の人間が振り返るほどの激しさだった。おれだって、芝居のひとつくらいはできるのだ。

「……な、なんだよ」

「おまえもこの街に住んでるんだから、Gボーイズの話はきいたことがあるだろ。おれはそこの終身名誉会員みたいなもんだ。おれに逆らうのは、この街のガキ全員に逆らうのと同じだ。わかるか」

確かにキングの役も実際にやってみると気もちがいいものだった。完全にびびったようだ。やつの足が震えているのがわかった。

「携帯を貸せ」

カズマは渋っていた。さらにもうひと押しする。

「早くだせ」

のろのろとやつの手がジーンズのポケットにはいった。銀色の卵のようなきれいな携帯がでてくる。おれはやつの手から奪うと、フラップを開き、データフォルダを選択した。びっしりと細かな映像が浮かぶ。

「やめろよ。おれにだって、プライバシーが……」

「そんなもの、おまえにあるか」

したのほうにカーソルをスクロールすると、撮影されているのはハルナだけではなかった。詳しく見ていないから正確な数字はわからないが、ほかにも三、四人の若い女のヌードが写真フォルダにはいっていた。

「おまえ、別れた女の全員を脅していただろ」

やつがひるんだのがわかった。的のど真ん中を射抜いたようだ。おれは笑いながら、最初の画面にもどり写真フォルダの全消去を選択した。しばらくお待ちください。おれはわきにあるスロットからマイクロＳＤカードを抜いて、銀の携帯をカズマに放り投げてやった。火のついたダイナマイトでも受けとるように、おおあわてでやつは携帯を両手で受けた。

「いいか、二度とハルナに近づくな。そのときは、こんなものじゃすまないぞ」

カズマの関心は携帯にしかないようだった。消えてしまったフォルダを探して、親指をかちかちとやっている。

「待ってよ」

横から女の手が伸びて、やつの携帯を奪った。ハルナはアドレス帳から、自分の番号とアドレスを消したようである。ごていねいなことにメールと通話の着信送信履歴も全消去してしまう。まあ、アドレス帳をまるまる消されなかっただけいいよな。

ハルナはおれに飛びつくと、腕をからめてきた。

「いっとくけど、あんたみたいなナルシストに未練はぜんぜんないんだよ。二度と電話かけてくんなよ」

そういうと、おれの頬に音を立ててキスをした。

「わたしたちはラブラブなんだからね。あんたなんかお呼びじゃないの」

怒りだか、屈辱で、全身を震わせるカズマをおいて、おれたちはウエストゲートパークをでた。これで、めでたく一件落着。公園をでたところで、おれはハルナの腕を振り解《ほど》いた。

「いつまでやってんだよ。あのキスはやりすぎだったぞ」

ハルナは絶好調のようだった。

「別に減るもんじゃないし、あのくらいいいでしょう。それにしても、カズマのあの顔見た。最高だったね。あいつ、悔しくて泣きそうな顔してたもん」

一日で解決してしまうお気楽なトラブル。毎回この街の事件がこんなふうならいいのに。

「これで、まず間違いはないと思う。なにかあったら、また電話してくれ。じゃあな」

おれが公園にもどろうとすると、ハルナが口をとがらせていった。

「ねえ、お礼に晩ごはん、おごってあげるよ。おいしい韓国家庭料理の店があるんだけど、いかない」

悪い女ではないが、ハルナとつきあうのはちょっと怖かった。おれも携帯の履歴を全消去されたくないからな。

「まだ仕事が残ってる。めしはいつか、またな」

「こんな美人につぎのチャンスなんてあるわけないでしょ。まったく、つまんない男」

トラブルを解決して、文句をいわれたのは初めてだった。池袋も変わったよな。


公園にもどって、大垣と合流した。

「話はきいていた。だが、あの程度でよかったのかな。もうすこしきついお灸をすえてやったほうが、池本のためだとも思うんだが」

それは確かに、そのとおり。つぎつぎと女とつきあい、つぎつぎとヌード写真で脅しをかける。その手の男には罰を与えたほうがいいのかもしれない。

「でも、ハルナのことを全部、秘密にしておきたいんだろ。だったら、あのくらいでしょうがないよ。普通の男だったら、絶対二度とハルナには近づかないと思う」

大垣はビルのあいだに広がる池袋の狭い秋空を見あげていった。

「なあ、マコト、わたしは六十年以上生きてるうちに、その普通ってやつがなんだかよくわからんようになったよ。おまえのいう普通と、わたしの普通、お嬢さんの普通と池本の普通、みんなそれぞれ別なんだろうな」

老いぼれグマに一票。そいつはおれも大人になるたびに感じてきたことだった。逆にいえば、普通であることほどオリジナリティあふれている状態はないのかもしれない。大垣が立ちあがった。おれに手をさしだす。

「ありがとう。マコトはよくやってくれた」

しっかりとにぎって返した。

「いいや、いつものことだ。それほどでもない」

おれたちは夕焼け空のしたで別れた。トンボは透明な羽をしならせて、都心の公園でも飛んでいる。爽やかないいエンディングだと、そのときのおれは思っていたのだ。

誰だって「普通」に間違えるときがあるよな。


真夜中に電話がかかってきたのは、三日後だった。こんな時間に誰だ。腹が立つ。おれは寝ぼけたまま携帯にでた。

「はい、なんだ」

きき覚えのあるかん高い声。

「おれだよ、カズマだよ」

どうやって、おれの番号を調べたのだろう。困ったものだ。やつはきっと普通以下だったに違いない。

「おまえはハルナの男じゃなくて、Gボーイズのメンバーでもなかったんだな。よくもあんな嘘をついて、おれを脅してくれたな」

ごろごろとのどに痰がからんだような笑い声がきこえた。真夜中にきくには、なかなかうれしい音。おれはいった。

「おまえの間抜け振りはあい変わらずだな」

鼻で笑って、カズマはいった。今回はやけに余裕があるみたいだ。

「そういっていられるのも今のうちだ。ちょっと声をきかせてやるよ」

がさがさと携帯がなにかにこすれる音がして、いきなり悲鳴があふれだした。

「もうー、やめてよ、変態。気もち悪いんだから」

ハルナの声だった。おれは叫んでいた。

「やめろ、カズマ。ハルナになにをしてる？」

うっとりと酔った声でカズマはいった。

「痛くて、いいことだよ。おまえだって、この女が変態だってしってるだろう」

目覚めたばかりの腹のなかで怒りが沸騰していく。声を抑えるのがきつかった。

「カズマ、おまえはなにがしたいんだ」

「ふふふ、そうだな。今度はおれがおまえを呼びだしてやる。一時間後に上池袋図書館の裏にある公園にこい。おまえ、ひとり切りでな、マジママコト」

通話はぷつりと切れた。部屋は暗いままで、夜の重圧を全身に感じたのは久しぶりのことだった。


そのまま携帯をつかった。

まず大垣だ。着信音六回目で、元警官は通話を受けた。

「どうした、マコト」

事情を説明する。ハルナがさらわれて、おれは呼びだしをくった。これ以上はないほど簡単な説明。うなるように大垣はいう。

「わかった。わたしもいく。今度はやつと対面してもいいんだな」

うなずいて、返事をした。

「ああ、しっかりとあんたのお灸をすえてやってくれ」

場所と時間を話して、通話を切った。ここまでで二分とすこし。つぎは今回のトラブルをおれにもちこんだ張本人だ。午前一時すぎでも、キングの声は起きたばかりのようにすっきりしている。おれはいきなり本題にはいった。

「このまえの女がさらわれた。バックアップだけ頼みたい」

「手や足は必要ないのか」

武闘派のチームと何台かのＲＶを考えた。それに震えていたカズマの顔も。

「いいや、今回はそれほど手間はかからないと思う。おれともうひとりで片づけるから、バックアップだけ頼むよ」

「つまらないな。場所と時間は」

おれは布団を飛びでていった。

「上池袋のさくら公園。時間は今夜二時だ」

「了解した」

王の電話は突然切れる。

おれは駐車場からダットサンのピックアップトラックをだした。池袋大橋をわたるとき、ＪＲの線路の両側にまぶしい光の谷間ができているのが見えた。どのビルも真夜中でも明かりを灯していた。きっと消灯するスイッチがないのだろう。それはカズマというガキと同じだった。適当なところで引きあげるという方法をしらないのだ。

さくら公園は文字どおり、ソメイヨシノの木にかこまれたオフィス街のなかにある公園だ。いくつか街灯は立っているが、まだ緑の葉をしげらせる木々に埋もれて、薄暗い園内だった。ブランコの柵に座って待っていると、タクシーのとまる音がした。大垣が小走りでやってくる。

「困ったやつだな」

「ああ」

「その後、池本から連絡はあったか」

「ない。おれはひとり切りでくるようにいわれているから、どこかに身を隠していてくれないか。合図をしたら、でてきてくれればいい。そうだな」

おれは右手で胸をたたいた。大垣はうなずいて、軽い準備体操を始めた。無差別級の柔道選手、還暦をすぎたとはいえ、その実力はバカにならないだろう。お手並みをたっぷりと見せてもらおう。おれの携帯が鳴った。タカシの声だ。

「緑のなかに四人隠した。おれも離れて見ている。うしろにある築山のコンクリートパイプを見ろ」

池袋のキングが寝そべって手を振っていた。おれもやさしく振り返す。

「わかった、これで準備はできた。あとは待機だ」

おれは公園の時計と自分の腕時計を確認した。午前二時まであと二十分。


公園の外でクルマの音がしたのは、約束の五分まえだった。人影がぞろぞろと園内にやってくる。素早く数を調べる。全部で四人。全員男でハルナはいないようだった。自信満々の口ぶりで、カズマがいった。

「よう、マコト、よく逃げないで、やってきたな。別にハルナとつきあっていたわけでもないんだろ」

おれは三人の男たちを観察した。カズマのパンク風のファッションとはテイストがまったく違う。ジーンズにラフなトレーナーやジャージ。どういう関係だろうか。友人には見えなかった。カズマがいった。

「やっちゃってください。寺内さん」

寺内と呼ばれた男が苦々しい顔をした。

「おまえ、簡単に人の名前をだすなよ。これから締める相手にきかれてるだろうが」

口調でわかった。荒事のために金で雇われた男たちだ。

「おまえたち、そんな間抜けなガキにつかわれるのはよくないぞ。そいつがなにをしたか、きいてるのか。別れた女のヌード写真を元に、金を強請るような男だ」

男たち三人は尻ポケットから、手袋をだした。格闘技でつかう革の手袋のようだ。こぶしを痛めるのが嫌なのだろう。寺内がいった。

「どうしようもない。おれたちもこいつのことはよくしらない。ネットで出会い、金をもらって、誰かをはたく。それが仕事なんでな、悪く思わないでくれ」

そういうことなら、遠慮することもないだろう。おれは右手で胸をたたいた。植えこみのなかから、大垣が飛びだしてきた。すり足で近づいてくる重戦車だ。三人の男たちは平均的なサイズ。ネットの黒いなんでも屋のあいだに動揺が走った。おれは頰の肉を揺らしながら、ブルドッグのように駆けてくる大垣に叫んだ。

「ふたり、頼む。ひとりはおれが片づけるから」

池袋のキングも見ているし、手を抜くわけにはいかなかった。立ちまわりは得意じゃないが、三人がかりでひとりを襲うというやり口が気にいらなかった。おれはリーダーの寺内にむかっていった。誰かが叫んでいる。

「うおー」

巨大なハイイログマの雄たけびだった。おれの足がとまってしまった。大垣は人の形をした竜巻のようだった。最初に犠牲になったのは、一番右端にいた男。小走りで近づいてきた大垣が男の襟をつかんだと思った瞬間、男の身体は跳ねあがっていた。大垣の右足も空をさしている。見事な内股だ。地面にたたきつけられた男は立ちあがってこない。受身などとることは不可能なスピードだ。

そのまま歩みをとめることなく、おれがやろうとした寺内にむかった。今度は軽く右足をだして、リーダー格を投げつけた。隅《すみ》落としだろうか。速すぎて、どんな技なのかもわからない。残りのひとりは青い顔をして、公園から逃げていく。大垣が叫んでいた。

「池本ー！」

大垣はさらにカズマに小走りでむかっていく。ふたりを起きあがれないようにしても、汗ひとつかいていなかった。


カズマは震えていた。前回のウエストゲートパークのときと同じだ。だが、今度はあのときよりはるかに恐ろしかったのだろう。おおあわてでポケットを探っている。出てきたのは銀の携帯ではなく、同じ銀に光っていても、おもちゃのようなナイフだった。むかってくる大垣にでたらめに振りまわした。こいつはナイフのつかいかたなど、まるでしらないやつだ。

元警官はまるで気にせずに近づいていく。ナイフをもった手首をとり、身体の横にまわったように見えた。カズマが悲鳴をあげるのと、ナイフが地面に落ちたのは同時だった。ほんの一瞬で、大垣はカズマの肘関節をはずしてしまっていた。カズマは逆側にくの字に折れた肘をつかんで、地面を転げまわっている。大垣はカズマに馬のりになると、頬を張った。

「はるなお嬢さんは、どこだ。正直に吐けば、関節をもどしてやる。吐かなければ、左腕もやるぞ」

グローブのような手が左手首をつかんだ。カズマの目は恐怖で丸く見開かれている。

「おれの部屋に縛って転がしてある」

カズマはおれのほうを見て、涙目で懇願した。

「マコト、頼むから、このブルドッグをおれから離してくれ。なんでもいうことはきく。頼むよ」

大垣はもう一発気合のはいった張り手をくらわせてから、カズマの右腕をはめなおしてやった。


単純にいって、おれは驚いていた。あごが落ちるというのは、こういうことだろう。おれの肩に手がおかれた。

「とんでもないおやじと組んでたんだな」

タカシの冷たい声だった。おれは振りむかずにいった。

「おまえだったら、あの定年ブルドッグをどうとめる」

「困ったな。つかまれたら、一瞬で投げられる。そのまえが勝負だろうが。ピンポイントで急所をつかなきゃ、やられるのはこっちだな」

誰を相手にしても冷静な男だった。おれは元警官にいった。

「どうした、切られたのか」

右の前腕に長さ十五センチほどの切り傷があった。血が流れて、公園の地面に落ちている。タカシが指をはじくと、植えこみからGボーイがひとり走りでてきた。腰のパウチを開けて、なかからガーゼとテープをだした。大垣は身構えたので、おれは声をかけた。

「バックアップにおれが頼んだやつらだ。大垣さん、傷の手当てをしてもらったほうがいい」

タカシがわけがわからないという顔をした元警官に声をかけた。王からのじきじきのお褒めの言葉だ。

「バックアップなど、あんたには必要なかったな。マコトはこんなやつだが、それでもうちのチームの頭脳だ。助けてくれて、ありがとう」

おれが助けられた？　冗談じゃない。

「そこに伸びてる寺内とかいうやつなら、ちゃんとおれが始末をつけたさ」

王がドライアイスのような声でいった。

「そうか。マコトの足は、そこにいるガキみたいに震えていたぞ」

つぎにGボーイズから依頼がきたら、おれは断固断ってやる。


タカシとは公園で別れた。おれのピックアップには、大垣とカズマとおれの三人。シートの余裕はまったくなかった。いちおうベンチシートの三人のりなんだがな。カズマの住むマンションは板橋だった。北園高校の裏手だ。

大垣はうしろからカズマのベルトをつかんで、やつを部屋に案内させた。片手でもっているだけなのに、ときどきカズマの身体が浮きあがる。ポパイみたいな六十代だった。鍵を開けて、玄関にはいる。ワンルームのこぎれいな部屋には、ボールギャグをかまされたハルナが横倒しになっていた。顔の横には唾液の水溜り。おれよりも大垣を見て、びっくりした顔をする。

おれはロープをほどき、ボールギャグをはずした。ありがとうもなく、ハルナは叫んだ。

「大垣のおじさん、どうしてこんなところにいるの」

「お嬢さん、いたずらがすぎますよ。女の子はつきあう男をきちんと選ばなくちゃいけない」

グローブのような手でカズマの頭をはたいた。おれは部屋のなかを調べていた。携帯の画像を消しても、きっとバックアップのデータがあったのだろう。ハルナのアドレスもそこから調べたはずだ。おれは学習机のうえのパソコンに目をつけた。コードを引きはずしながら、本体を抱えた。おれはカズマにいった。

「パソコンはこれだけか」

やつは震えながらうなずいている。

「わかった。じゃあ、携帯もよこせ」

もう逆らわなかった。右の肘を押さえて、涙目で震えているだけだ。こいつは女に暴力をふるっても、自分がふるわれたことがないのだろう。想像力のないガキ。おれはやつの手から銀の携帯を奪うと、ふたりに声をかけた。

「こんなにくさい部屋にいつまでもいるもんじゃない。いくぞ」


帰りのクルマのなかはちょっとしたドライブ気分だった。ようやく大垣の傷に気づいたようだ。血のにじんだガーゼを見て、ハルナがさわぎだした。

「おじさんが死んじゃう。病院にいって」

おれは首を横に振った。

「この街ではダメだ。明日にでも、顔のきく警察病院にでもいってくれ」

大垣はうなずいていう。

「そうだな。そっちのほうがいい。マコト、わたしはあんたのことをすこしなめていたかもしれん。今回のことはマコトがいなかったら、まったく別な終わりかたになっただろう。よくやってくれたな。宮崎課長に代わって、礼をいう」

おれは一瞬ハンドルから両手を離した。

「そういうのはいいよ。あんたのほうこそ、すごかった。タカシが、あんたがひまなら、いつでもGボーイズの突撃隊に迎えるってさ」

「そのGなんとかっていうのは、なんだ」

おれは笑って、四十歳ばかりうえのおやじにウインクした。

「あんたはしらなくていいことだよ」

池袋大橋にさしかかると、大垣がいった。

「ちょっととめてくれ」

ほんとは駐車禁止だが、ほんのすこしならかまわないだろう。おれは線路をまたぐ陸橋の路肩にトラックをとめた。


大垣とハルナが手すりにならんだ。おれはすこし離れて、ダットサンのドアにもたれた。ハルナがいった。

「大垣のおじさんがきたってことは、うちの父親にも話がいったんだよね」

男に話しかけるときとは、大垣の声はまるで違っていた。幼い女の子に語りかけるようにていねいでやさしい。ふたりが初めて出会ったのは、ハルナがそんな年のころかもしれない。

「課長のところにも、あの男が写真を送りつけてきたんです。きっとお嬢さんと課長と両方から金を強請ろうと考えていたんでしょう」

ハルナがハイヒールのブーツで手すりを蹴った。意外と澄んだきれいな金属音が鳴る。

「じゃあ、大垣のおじさんもわたしの写真を見たんだ」

「ええ、職務上やむを得なくというやつです」

「そうかあ、がっかりさせたね。おじさんもうちの父親も」

大垣は辛抱強かった。

「別にがっかりなんかしないですよ。世のなかには、いろいろな趣味がある。ベッドのうえくらい人間は自由でいいと思います。でも、ああいうことをするには、相手を選ばなくちゃいけない」

ハルナはぜんぜんこたえていないようだった。

「はいはい、わかりました。うちはお母さんがいなかったから、ちいさなころからおじさんにはずっと怒られていたもんね。うちの父親じゃなく、おじさんがお父さんだったら、よかった」

ハルナが小山のような肩に頭をあずけた。両手で腕をつかんで、大垣はハルナをまっすぐに立たせた。

「お嬢さん、それは違う。さっきからきいていると、お嬢さんは課長のことを、ずっとうちの父親って呼んでますよね。そんないいかたをしたらいけない。うちの父親じゃなく、わたしのお父さんでしょう」

ふたりの男を投げ飛ばしても涼しい顔をしていた男が必死になっていた。

「今回の事件だって、そうだ。もし、お嬢さんになにかがあったらたいへんだ。課長は自分の出世を棒に振っても、すべてを明らかにするつもりだった。そのまえにひと仕事させてくれ、といってとめたのはわたしなんです」

ハルナは真っ黒なアイシャドウで、大垣の右腕を見つめていた。じわじわとしみだした血がガーゼからこぼれていく。

「……あの父親が」

黙っているつもりだったが、おれは腕組みを解いていった。

「ハルナ、あんただって、最初にいってただろう。父親にだけは迷惑をかけたくないって。別にMだから愛情表現までねじ曲げることないんじゃないか。おまえ、素直じゃないな」

ハルナの目から、黒い涙がいくつかこぼれた。最初はちいさくてよくきこえない声だった。

「……お父さん……お父さん……わたしの、お父さん」

大垣が涙ぐんでいた。頭をなでていう。

「それでいいんですよ、お嬢さん」

真夜中の陸橋のうえで、ハルナが大垣のクマのような身体に抱きついた。秋の夜風は乾いて、とても軽かった。おれはそのまま数分待ってから、ふたりにそっと声をかけた。

「駐禁を切られるまえに、帰ろうぜ。送っていくよ」

カズマの携帯電話とパソコンは、結局ゼロワンのところにもっていった。そのままぶち壊そうかと思ったが、被害の実態調査は必要だろう。やつがハードディスクに溜めこんでいた裸の女たちは総勢二十三人。当然ハルナもそのひとりだ。何日かして、プリントアウトの束をハルナにわたしていった。

「この写真とハルナの携帯に残った脅迫メールがあれば、いつでもカズマをブタ箱に放りこんでやれる。あとは好きなようにつかってくれ」

今度はクラブのまえでなく、フロアのわきのソファ席だった。たまには、おれも遊ぶのだ。ハルナも酔っていたし、その後連絡はとっていないので、おれにはカズマがどうなったのかわからない。別にあの程度の事件では、新聞に載るとも思えないしね。

おれは赤坂の料亭（！）で、宮崎課長に接待を受けた。当然、大垣のおやじといっしょだ。ハルナと違ってやけに立派な警察官だったが、ハルナの育てかたを間違ったといったときは、すこし涙ぐんでいた。だが、子どもの育てかたほど、困難で未来が予測しがたいものもない。うちだって、おふくろはさんざん同じことをいっていたものだ。

だが、すくなくとも、おれは池袋の地元では有名人だし、さして道を踏み外してもいない。それどころか、なかなかの文章家なのだ。そいつはおれが打った女言葉のメールを読めば、あんたにだってわかるだろ。

タカシとはGボーイズの集会のあとで、ふたりでのんだ。やつは酒を水のようにのみ、決して乱れない。

「マコト、あの大垣という柔道家にスパーリングを申しこめないかな」

とんでもないことを考える王様。

「おれとあの男では体重差が五十キロ近くあるはずだ。おれのこぶしとスピードがどれくらい通用するのか、オリンピック級の選手と試してみたいんだ」

「わかった。連絡しておく」

おれはバーのカウンターに肘をついて、空想してみた。背負い投げをくらうキングの姿だ。この男もたまにはぼろぼろにされたほうがいいのかもしれない。傷つかないと人間は成長しないというからな。

おれのほうは肉体的な苦痛に関しては、もうけっこう。こちらの仕事はヘッドワークだし、大事なのはコミュニケーション能力。精神の苦悩については、おれにだって青春の悩みってやつが山のようにある。日々成長するトラブルシューターなのだ。でも、あんただって決してあせることはないよ。あの元警官を見てもわかるように、人は定年をすぎてもあれだけ動けるのだ。

あわてて成長する必要なんか誰にもない。そう思うと日々安らかな気分ですごせるだろ?

非正規レジスタンス

おれたちの生きてるこの国では、二十四歳以下の若いやつらの半分が透明人間だって、あんたはしってるかい?

やつらはこぎれいな格好をして、こまめにシャワーを浴び、外見はまるでうえの階級に属する正社員の若者と変わらない。憲法で保障された生存権を脅かす貧しさは、巧妙かつ必死に隠されているのだ。すえた汗のにおいはしないし、髪型だって普通。女だったらきちんと化粧もしているだろう(デパートの試供品なんかでね)。

だが、誰も気にとめない透明人間をよく見てみると、悲惨な実態がわかってくる。少々擦り切れた服はディスカウントショップや古着屋のひと山いくらのバーゲン品。バカでかいデイパックやトロリーケースのなかは、百円ショップの中国製品ばかり。あたりまえだよな。だって運が悪くて日雇い仕事がはいらなきゃ、百均の韓国製即席麵ひとつが一日に口にする全食料なんてこともめずらしくないのだ。

やつらがもってるもので、もっとも高価なのは携帯電話である。おれがふざけているようにきこえるかい？　人間なら命のほうがずっと価値があるというあんたは、理論的には正しくても、事実上は間違ってる。試しに、やつらがどこかの工場で作業中に大怪我でもしたとしよう。企業も派遣業者も責任逃れで、たいていは知らん顔だ。部品がひとつ壊れたくらいなんだというのだ。非正規のワンコールワーカーには、労災なんて適用されないし、ほとんどのやつらは健康保険にも厚生年金にも加入できずにいる。ただ泣き寝いりだ。

必死で格差社会の急斜面にしがみつき、ネットカフェやファストフードで夜を明かす透明人間の悲鳴は誰にも届かない。なんといっても、日本は自己責任の国だろ。貧乏になる権利は誰にでも平等だ。考えたら不思議だよな。オペラ好きの総理大臣が労働ビッグバンをやらかすまでは、そんな働きかたはこの国にはなかったし、透明人間も存在しなかったんだから。

おれは今、すこしばかり悲しい気分だ。だって、あたりまえだよな。この冬、池袋の街でしりあった難民のガキは、ひどいヘルニアもちでコルセットが欠かせない。医者にもいけず、自分の部屋ももてないガキの切実な夢は、脚を伸ばしひと晩寝ることなのだ。

やつはこの三年間、ひざを曲げてリクライニングチェアで寝ている。腰がいかれるほど働いても再チャレンジするだけの金は手元に残らない。

今回のおれの話は、独裁者とグルになった独占企業が好き勝手に働く人間からしぼりとれるアフリカや中南米の話じゃない。おれたちの目のまえで起きているリアルライフストーリーだ。この社会に無視されて透明人間になった難民たちのレジスタンスの物語なんだ。

よく耳を澄まして、きいてくれ。胸に手をあて考えてくれ。悲鳴もあげずに転げ落ちていった透明人間が、あんな生き方をしなければならない正当な理由があるのか。あれが明日のおれやあんたの姿じゃないといえるのか。
格差の断崖は、おれたちのすぐ足元に迫っているんだからな。

今年の東京の冬も、またあったかな日々。年が明けても、まだ小雪さえちらついていなかった。空気はからからに乾いて、池袋の駅まえでは枯葉と新規開店のマンキッのチラシが生ぬるい風のなか競うように舞っていた。都心のターミナル駅は、どこもネットカフェが大繁盛だ。おれにはその理由なんてぜんぜんわからなかった。せいぜいマンガやネットゲーム好きが増えたんだろうなと思っていただけだ。

おれの毎日も季節感のない東京の冬のように変わりばえしなかった。西一番街にあるちいさな果物屋を開いたり、閉じたり。酔っ払い相手に木箱にはいったイチゴ（福岡産のあまおう、三千五百円！）を売りつけたり。まあ、機械のように同じ作業を繰り返していたのだ。

池袋の街にトラブルはなかった。そうなると当然、店番の顔しかおれにはなくなるし、連載コラムのネタにも困ることになる。でも、さすがに何年かストリート誌に連載していると気づくこともある。毎回、抜群におもしろい必要もないんだよな、コラムって。息を抜いた回が案外評判がいいことがあるのだ。要は原稿を書きながら、リラックスできるようになったってこと。おれもなんとか締切のしのぎかたを覚えたってことだろうか。

だが、あたりまえの日々にはいつか必ず終わりがやってくる。
世界はあんたを放っておいてくれるほど、やさしくはない。始業のベルは必ず鳴り響くのだ。

そのガキに気づいたのは、正月休み明けの月曜日だった。カラータイルの歩道にぽかぽかとあたたかな日ざしが落ちる昼さがり。おれがハタキをもって、店先にならんだ果物から年越しのほこりを払っていると、やつの視線に気づいた。そいつは物理的な圧力さえ感じさせる必死の視線だ。

おれが顔をあげると、二十代になったばかりのガキが西一番街の歩道の奥から、うちの店先をくいいるように見つめていた。どこかで、おれが罠にはめたやつだろうか。復讐という言葉で、背筋が震える。まあ、おれがやってきたことをしってるあんたなら、よくわかるだろ。だが、ガキの視線はおれにではなく、店先の特売品のフィリピンバナナにむかっていた。

おれがにらんでいるのに気づいたガキは夢から醒《さ》めたように目をそらすと、軽く右足を引きずりながら歩いていった。やつの背中を見送った。ジーンズはひどくはきこんでいるようで、天然のダメージ加工済み。もものうしろに穴が開いて、裾《すそ》がぼろぼろにほつれていた。黒いダウンジャケットはガムテで穴を補強しているようだ。肩には黒いおおきなショルダーバッグがななめがけされている。なによりやつの背中で印象が強かったのは、かすかに全体が右にかたむいていることだった。背骨が曲がってしまっているのだろうか。あの若さで、おかしなガキ。おれはそう思って、またハタキかけにもどった。当然、そのガキのことはきれいに忘れてしまう。

なにせ池袋は東京でも有数のターミナル。いちいち駅まえをとおる人間の顔など覚えていられないのだ。

けれど、そのガキは特別なのだった。

九十分おきに、必ずうちの果物屋のまえをとおっていくのである。そのたびに、やつは店先の売りものに熱い視線を注いでいた。イチゴにバナナにリンゴに洋ナシ。さすがにやつの周回が四回目をかぞえたときには、おれは店のまえで出迎えてやった。手に歓待のフィリピンバナナをもってね。なんだか、切羽詰っているようだったし、一日中池袋をぐるぐる歩きまわるガキはめずらしい。コラムのいいネタにつかえるかもしれない。

ビル街の夕空のした、またあのガキがやってきた。顔色は控えめにいって、霜のおりた土色。指でさしたら、そのままの形にへこんでいそうだ。おれに気づくと、ガキは驚いた顔をして、それからはずかしそうな表情になった。

「なんだかしらないけど、腹が減ってるんだろ。これ、やるよ」

よく見ると、なかなかイケメンのガキだった。やつは怖がって手をだそうともしない。

「いいから、気にすんな。こいつは明日の朝には、生ゴミの袋のなかだ」

やつの声は身体と同じように細く元気がなかった。

「でも、ぼくにはお金がないから」

茶色の斑点だらけになった熟しきった山盛りでひと皿百円のバナナである。そこまで、遠慮する理由がわからなかった。

「いいんだ、くえよ」

ひとふさ押しつけてやる。ガキは放心したまま、やわらかなバナナを受けとった。にっと歯を見せて笑ってから、おれはいった。

「金はいらない。その代わりといってはなんだけど、あんたの話をきかせてくれないか。おれは真島誠。ある雑誌でコラムの連載をもってるんだ」

やつはその場で立ったまま、震える手でバナナの皮をむくと、がつがつとくいだした。おれが見ているまえで三本をあっというまに片づけると、ようやく人なみの表情がもどってきた。

「これ、今日初めて口にいれたくいものなんです。ありがとうございました。ぼくの話なんかでいいなら、協力させてもらいます。でも、ぼくの暮らしなんて最低だから、コラムになんかならないですよ」

やけに礼儀正しい貧乏人。


おれたちが移動したのは、ウエストゲートパークの奥に建つ東京芸術劇場だった。ここのカフェはいつでも席が空いている駅まえの穴場なのだ。いくらあたたかとはいえ、真冬だからな。日が沈むと、円形広場のベンチはつらい。なにせ、凍えるように尻に冷たいステンレスパイプのベンチだ。

二階にあるカフェの入口で、なかなかやつは店にはいろうとしなかった。

「どうしたんだ」

ショーウインドウにならぶロウ細工のサンプルを見ている。コーヒー450円、ホットケーキ

５００円、パスタのセットは９５０円。やつはききとりにくいほどちいさな声でいった。

「ここにはいったら、今夜は外で寝なければいけなくなる。お金がないんです」

やつは真顔だった。今度驚くのはこっちのほうだ。

「わかった。おれがおごるから、いこう」

カフェにはいり、ガラスの巨大な三角屋根が見おろせる窓際に座った。やつは柴山智志と自己紹介して、届いたブレンドに山盛り三杯のグラニュー糖をいれた。よくかきまぜて、ひと口すする。

「熱くて、うまいです。さっきのバナナとこれで、一食得しました。ちゃんとしたカフェでコーヒーのむなんて、こんな贅沢久しぶりだなあ」

同世代のガキが喫茶店のコーヒー一杯で、それほどよろこんでいる。おれたちの国はいつからそんなに貧しくなったんだろうか。

「サトシ、さっきから金がないってばかりいってるけど、おまえ、どこに住んでるんだ。家くらいあるんだろ」

「ちいさなブースならあるけど、家も自分の部屋もないよ。夜はネットカフェのナイトパックだから。でも、地方からでてきたフリーターは、みんなぼくと似たような生活してる」

東京に実家がある人間には、想像もできない話。いよいよおもしろくなってきた。おれはガラステーブルのうえにちいさなノートを広げ、メモをとり始めた。

「じゃあ、生活用品とかはどうしてるんだ」

サトシは足元の黒いバッグを指さした。

「最低限のものは、そこにはいってる。でも、どうしても捨てられないやつは、コインロッカーのなかだよ」

コインロッカーがタンス代わりなのだ。びっくり。

「どんなものをいれてるのかな」

サトシは遠い目で、芸術劇場のガラス屋根を見つめた。灰色にくすんで、たくさん冬のハトが身体を丸めている。

「中学の卒業証書とか、女の子にもらったラブレターとか、写真のアルバムとか、大好きなCDや本とか。あとは着替えなんかかな。マコトさんだって、どうしても捨てられないものってあるでしょう」

誰にだって過去はある。過去とつながっている捨てられないものもある。そうした思い出を断ち切ったら、おれたちはおれたちでいられなくなるのだ。うなずくと、やつは厳しい顔でいった。

「そういう思い出の品を手元においておくために、毎日ロッカー代が三百円もかかっちゃうのは、すごく痛いんだけど。でも、ああいう荷物を捨ててしまったら、ぼくはほんとうのホームレスになってしまう気がして」

サトシはうつむいて、べたべたに甘いコーヒーをのんだ。やつにしたら、こいつはただのお茶じゃなく、栄養補給の手段なのだろう。おれは生まれて初めて、ほんとうの意味で貧しい人間を目のまえにしていた。

「だったら、金はどうやって稼いでんだ」

サトシは瞬時に営業用の笑顔になった。

「力仕事でも、サービス業でも、ちょっと危ない仕事でも、なんでもやるよ。実際にはつぎの日なにをするかは、メールがくるまではぜんぜんわかんないんだけど。だから身なりには気をつけて、いつも清潔にしておかないといけないんだ。バイト先からクレームがつくと、ベターデイズから干されちゃうから」

ベターデイズはこの五年ほどで急成長した人材派遣会社の最大手だった。確か年商は五千億を少々超えるくらい。社長の亀井繁治は六本木ヒルズのレジデンス棟に住み、ロールスロイスとフェラーリをのりまわし、自家用ジェット機をもっている。なぜ、おれがそんなに詳しいかというと、最近の嫌味な成金紹介番組（ほんとにああいう下品なプログラムが増えたよな！）でうんざりするほど見せつけられたのだ。

「ベターデイズの社長って、あのヒゲの、やけに額の広いおっさんだよな」

「そうです。もうかってるのは、あたりまえだと思うけど」

サトシの声はあきらめに沈んでいる。派遣業で働くサトシは自分のアパートもなく、その会社の社長は必要もない自家用ジェットをもっている。格差というには、あまりにバカらしいコメディだった。なにせベターデイズは日本のドメスティック企業もいいところ。商談のために社長が海外にいくとは到底思えない。サトシはくやしそうにいった。

「ぼくのところにはいる日払いのお金は六千五百円から七千円くらいなんだ。でも、ベターデイズはそれを一万千円から二千円で請け負っている。仕事をメールで紹介するだけで、四割近く天引きするんだから。もうかるのはあたりまえだよね」

今度は心底仰天した。うちは商売をやってるから、すこしはそっちの世界には詳しい。おれは小売業で恒常的に四割の利益がでる業種を考えてみた。宝石屋とか、高級なブランドショップとか、化粧品とか。その程度しか思いつかない。人材派遣業は圧倒的な高収益構造らしい。

「ふーん、そいつはひどい話だな」

だが、おれは甘かった。なにせ、サトシの話は地獄の第一層にすぎなかったんだから。


おれはメモをとりながらいった。

「おまえ、ずっと身体をななめにしてるけど。いったい、どうしたんだ」

サトシはうわ目づかいでいった。

「やっぱり気づいた」

あんなふうに足を軽く引きずり、背中を曲げて歩いていれば、誰にだってわかるだろう。

「昔、事務所の移転のバイトがあったんだ。おおきなコピープリンター複合機を四階まで、ひとりで運ばされた。ものすごくきつかったよ。エレベーターはないし、機械はぼくの体重より重いし。一段ずつあげていくうちに、腰をやっちゃったんだ」

そういうとサトシは安もののトレーナーのわき腹をたたいた。こつこつと音がする。トレーナーをまくると、白いプラスチックの板が見えた。言葉もない。

「このコルセットをしないと立っていられないんだ」

「腰はずっと痛むのか」

非正規雇用のフリーターは顔をしかめた。

「うん、一日中立ち仕事や引越しにあたると、ほんとにガッカリするよ」

「でも、おまえは働かないといけない」

サトシの顔が引き締まった。

「そうしなくちゃ、ぼくは明日にでもホームレスになってしまう。それだけは嫌だから」

住所不定で、ネットカフェを転々として、コインロッカーを押いれ代わりにつかう。それはもう立派なホームレスなんじゃないかと、おれにはいえなかった。一回分のコラムのネタとしてはもう十分だろう。最後におれはきいた。

「サトシの夢はなんなんだ」

やつは疲れた顔を上気させた。コーヒーカップの底にどろどろにたまった砂糖をのむ。

「たくさんあってわかんないよ。でも、一番の夢は夜脚を伸ばして寝ることかな」

おれはあっけにとられて、メモをとるのを忘れてしまった。クルマをのりまわしたり、かわいい子とデートをしたり、いい仕事をすることじゃない。おれと変わらない年の腰を痛めたガキの夢は、ネットカフェのリクライニングチェアでなく、脚を伸ばして布団で寝ることなのだ。

「あとは医者にいくのも夢かな。マコトさんは健康保険証はもってるよね」

「ああ、あたりまえだろ」

サトシはうらやましそうにいった。

「やっぱりうえの階級の人は違うな」

おれはただの果物屋の店番にすぎない。池袋の街でくだらないトラブルに首までつかって、どこがうえの階級なんだろうか。

「ぼくたちみたいな非正規のフリーターでは、健康保険にはいっている人は少数派だよ。みんな冬は風邪を引くのが一番怖いんだ。医者にもいけないし、日雇いの仕事にもでられなくなるから、ほんの三日四日で一文なしのホームレスになる」

そうだったのか。おれはなにも見ていなかった。おれたちの街にもぎりぎりの生活をしているガキが無数にいたのだ。やつらはひと言も文句をいわないし、黙って格差のどん底に落ちていくから、気づかなかったのである。

「おい、サトシ、おまえ、ほんとに困ったら、おれに電話するんだぞ。このコラムは二回に分けて書くからな。ちゃんと連絡しろよ」

そこで、おれたちは携帯の番号とアドレスを交換した。ネット時代の大切な自己紹介である。おかしなものだ。こうして顔をあわせるよりも、情報のほうが優位なんだからな。

おれたちはみな逆立ちして歩いている。バカらしいがしかたない。それが来るべき新世界なのだ。


おれは店にもどることにした。自分の頭で考えてみたいことが、むやみにあったからだ。サトシはコーヒーの礼をていねいにいって頭をさげると、池袋の駅まえに消えた。児童遊園や広場なんかでじっと座っていると、住民に通報されることもあるし、警官から職務質問を受けることもある。ほんとうなら腰も足も痛むので、あたたかい場所で休んでいたいのだが、駅の周辺をぐるりと歩きまわっているのだという。それで、うちの店のまえを九十分おきにとおっていたらしい。

ナイトパックが始まる夜十時まで、そうしてなんとか時間を潰すのだ。想像もできない生活。いっとくけど、こいつは中国南西部やフィリピンのスラムの話じゃない。今目のまえにある透明な貧しさの物語。

その夜、おれは店のCDラジカセにショスタコービッチをのせた。優雅でうつくしいだけの音楽をきく気には、とてもなれなかったのである。交響曲七番「レニングラード」は独ソ戦を描いた一大絵巻。だが、こいつはどうきいても、独裁者に監視されながらのパレード用音楽にしかきこえない。笑いながら勇敢な振りをしなければ、うしろから谷底に突き落とされる。そんな怖い音楽なのだ。

だが、そのスターリン体制下の市民の姿は、そのままサトシのような非正規のワンコールワーカーに重ならないだろうか。事態はもっと悲惨かもしれない。すくなくともソビエトの作曲家には敵がわかっていた。サトシには敵などいない。すべてがただの自己責任なのだ。

終電がすぎたころ、おれは店を閉めて、自分の部屋にあがった。畳のすり切れた四畳半だが、こいつはおれだけの個室だし、脚を伸ばして眠れる布団もある。風呂あがりのおふくろに声をかけた。

「ありがとな、こうして脚を伸ばして眠れてさ。こんな街でも自分の家があるっていうのは、ありがたいもんなんだな」

おふくろは髪をバスタオルではさむようにふきながらいった。

「そんなあたりまえのことがわからなかったのかい。マコト、おまえ、頭どうかしてんじゃないの」

くやしいが、今回はまったくおふくろのいうとおり。おれはサトシがすこしでもましなネカフェに泊まれるように祈りながら、眠りについた。頭のなかではショスタコの七番第一楽章の戦争のテーマが鳴り続けている。

あの小太鼓のマーチは、ほんとにしつこいからな。

つぎの日、おれは「ストリートビート」の連載コラム一回分を、締切よりもだいぶまえにしあげることができた。いいテーマがあれば、書くことは苦にならない。それも今回のように怒りに燃えているとなおさらだ。

サトシからは二日ほどなんの連絡もなかった。退屈な店番は続いた。おれは店先でぼんやりと考えていた。おれの年収は二百万円台だ。サトシとあまり変わらないだろう。だが、サトシは池袋で難民生活をしているし、おれはなんとか自分の部屋をもっている。違いは東京に家があるかどうかだけだった。

生まれる場所が違っていれば、おれだってサトシのように背骨を曲げられ、医者にもいけずにこの街をうろついていたかもしれない。おれの結論はこうだ。転落の可能性は誰にでもある。おれたちの世界は完全にふたつに分かれたのだ。安全ネットのある人間とない人間。落ちていく人間は、自分でなんとか身を守るしかなくなったのだ。誰も助けてくれるやつなんていないのだから。

なんて、ロマンチックで夢のある世のなか。

数日して、サトシに電話をいれた。

返事はあのきき慣れたメッセージ。その携帯電話は、現在電波が届かないか、電源が切られているというもの。留守電のメッセージさえ、やつには送れなかった。編集部でもおれのコラムは好評で、ネタ提供のお礼と、つぎの取材の打ちあわせがしたかったのだが、まったくの空振りだった。

気になって一日中、店のまえの歩道を見ていたが、やつの姿さえ見かけなかった。あのまま消えてしまったのだろうか。あるいはどこか地方にでも、住みこみで働けるいい職場を見つけたのかもしれない。おれはよく晴れた池袋の冬空を眺めて考えた。やつはちゃんと脚を伸ばして、寝ているのだろうか。切ない夢はかなったのか。

しかし、その後の展開はまるで予測のつかないものだった。なぜか別のラインからサトシの事件が伝えられたのだ。そいつは池袋のホットライン。

キングからのありがたい直接のお達しである。


もう寝ようかと、おれは横になっていた。サトシに会ってから、おれの生活のＢＧＭはずっとショスタコービッチ。なにせ多産な作曲家には、生涯で十五曲もシンフォニーがある。十二番「１９１７年」のアダージョをきいていると、携帯電話が鳴った。液晶の小窓にはタカシの名前。

「おれはもう寝るから、話なら簡単にしてくれ」

やつの声は全地球的な温暖化を見事に免れている。いつだってアイスクール。

「おれがだらだらと無駄な口をきいたことがあったか」

長いつきあいだが、どう考えても一度もなかった。

「わかってるよ。おまえは省略と簡潔の王様だ」

タカシはあっさりとおれの冗談を無視した。原稿なんか書いてるせいで、おれの言葉づかいが少々むずかしすぎるのかもしれない。

「身分照会があった」

「なんだって」

おれは布団のうえで起きあがった。身分照会ということは、警察とか役所とかだろうか。かかわりになりたくない組織しか頭に浮かばない。タカシは氷の窓のむこうで笑ったようである。

「心配するな。東京フリーターズユニオンという団体だ。そこの代表が、おまえのことをたずねてきた。信用のおける人物なのかとな。そいつが明日の午前十一時におまえの店にいく。話をきいてやってくれ」

ユニオンということは、労働組合なのだろう。組合代表といわれたら、おれには額に必勝のはちまきをつけ、たすきをかけた作業服のおっさんしか思い浮かばない。

「いったい、おれになんの用なんだよ。おれは政治とか好きじゃないし、労組も革新も関係ないぞ」

タカシは隠すことなく笑っていた。

「しかたないだろ。おれはマコトを紹介しただけだ。依頼を受けるかどうかは、そいつに直接きいておまえが判断してくれ。まあ、なにかあれば、Gボーイズも手を貸す」

おやすみの挨拶もなしに、いきなり電話は切れた。確かに無駄のない王様。おれはあたたかな布団に座りこんで考えていた。おれにもちこまれるトラブルは、街のグレイゾーンのちいさな犯罪ばかりだったのに、いつのまにか労働問題にまで広がってしまった。どうやら犯罪よりも、格差から逃げ切るほうが、ずっとむずかしい世界になってしまったようだ。


絶対に依頼は断ろう、そう心に決めておれは翌朝十一時に店のまえの歩道に立った。ユニオンの代表なんて、まったくおれのタイプじゃない。だが、池袋駅西口ロータリーから横断歩道をわたってやってきたのは、若い女だった。

二十代なかばで黒いメイド服を着ていた。正確にいうと黒いミニのワンピースに、フリルのついた白いエプロンを重ね、頭には同じくフリルつきのカチューシャをのせている。しっかりと化粧もしていた。底の厚いぽっくりをはいているので、妙に黒いタイツの脚が長く見えた。女はおれにむかって、名刺をさしだした。

「東京フリーターズユニオンの萌枝《もえ》です」

名刺にも苗字ははいっていなかった。なんだか、キャバクラの名刺みたい。

「ああ、どうも」

ほかにどんな返事ができる。目のまえにいるのは、ミニのメイド服を着た労働組合代表なのだ。

「真島誠さんですね。あなたのことは、安藤崇さんから話をきいています。信用できるし、頭の回転も速く、しかも弱者を守るトラブルシューターだって。お金は受けとらないともいわれたんですが、ここまでは正確ですか」

恐ろしく論理的に話す女だった。

「ああだいたいは間違いないけど」

女がうなずくとカチューシャのフリルが揺れた。

「わたしたちのユニオンでは、正規の依頼料金をお支払いしたいと考えています。誰にしても、不当に安い賃金で働くべきではないからです」

なるほどな。だったら、うちのおふくろに給料値あげの団体交渉でもしてもらおうか。

「わかったよ。そっちの頼みって、なんなんだ」

「柴山智志さんという非正規雇用の労働者がいます。あなたもご存知ですね」

いきなりサトシの名がでて、おれはびっくりしてしまった。

「ああ、しってる。一回コーヒーをおごっただけだけどな。あいつは元気にしてるか」

女の眉がかすかにひそめられた。不穏な空気。

「そのこたえの半分はイエスで、半分はノーです」

どういう意味だろう。

「まだどこかのネットカフェで寝泊まりしてるのかな」

だいたいメイド服が似あう女なんてめったにいないのだが、モエはめずらしい成功例だった。ヴィクトリア朝のバカらしいパロディでなく、どこか清楚に見えるのだ。

「いいえ、わたしたちの仲間が手配して、今は区の福祉施設に宿泊しています」

「そうか、そいつはよかったな。じゃあ、あいつの夢はかなったんだ。そこなら脚を伸ばして眠れるんだろ」

池袋西一番街の歩道で、フレンチメイドスタイルの代表がいった。

「それはちょっとむずかしいでしょうね。今、柴山さんの右ひざはギプスで固定されていますから。あの状態では完全に脚を伸ばして眠るのは、無理だと思います」

おれは依頼を絶対に断るつもりだった。だが、つぎの瞬間には店の奥にいるおふくろにむかって叫んでいた。

「ちょっと話をきいてくる。店番代わってくれ」


豊島区の福祉施設は南大塚にあるという。おれは駐車場からダットサンのピックアップトラックをだした。いい加減くたびれているけれど、うちの店の売上ではとても新車に買い換えるのはむずかしかった。

池袋大橋をわたり、春日通りを直進する。正月明けの池袋は、まだ半分眠っているようだった。車道はがらがら。となりのシートに座るモエにきいた。

「なぜ、サトシのひざが壊れたんだ。作業中の事故なのか」

ユニオンの代表はじっと前方を見つめていた。

「今回は日雇い派遣の最中の事故ではないわ。労働災害ではないの。いや、違うかな。広い意味では労災なのかもしれない」

まわりくどいいいかただった。

「どういう意味なんだよ。おれにはさっぱりわかんない」

「柴山さんは倉庫のピッキング作業のアルバイトの帰り道に、何者かに襲われたの。痛めていたひざを狙われて、大怪我を負わされた」

おれの頭のなかで赤信号が灯った。労働運動はわからないが、そういうトラブルならお手のもの。

「サトシは誰かに恨まれていたってこと、ないのかな」

モエが怒ったような顔をして、おれをにらんだ。そろそろクルマは大塚駅に着く。

「あるわね。でも、その相手はすごくおおきくて、とても手に負えるような相手じゃない。わたしたちのユニオンはまだ二十人くらいのちいさな組織だけど、むこうは年商五千億円の大企業だから。政府も経済界も全部むこうの味方だし」

春日通りにならんだビルのうえにあのスカイブルーの看板が見えた。見慣れたベターデイズの右肩あがりの英文ロゴが描かれている。おれはあごをしゃくって、屋上看板を示した。

「敵はあいつらなのか」

モエは憎しみの目で、人材派遣最大手の看板を見あげた。

「きっとそうだと思う。今わたしたちのユニオンで、インフォメーション費の返還を求めているから」

またきいたことのない言葉だった。

「なんだ、それ」

モエはうんざりした顔をした。

「わたしたちにもわからない」

「なんか、あんたと話してると、いちいち謎解きみたいになるな」

メイド服の組合代表は、おれをあわれむような目で見た。

「そうね。真島さんの世界みたいにすべてが単純だったら、こんなふうな話しかたをしなくてもいいんだけど。インフォメーション費は、日雇い派遣の給与から毎回二百円ずつ引かれているの。この費用の意味がわからなくて、うちのユニオンでは質問状をだしたんだけど、ベターデイズのこたえは毎回ころころ変わるんだ。緊急時の通信用の予備費だということもあるし、安全用の保安グッズだということもあったし、労働災害にそなえた保険だという支部もあった。でも、実態がまるでわからないお金なの」

おれは経済にはうとい。つい口を滑らせた。

「だけど、たった二百円だろ」

モエはにやりと皮肉に笑った。

「そうね、たった二百円ね。でも、十万人を派遣したら、一日に二千万円になる」

単純な算数だが、インパクトのある数字だった。

「わたしたちのユニオンでは、使途不明のこの費用を返還するように訴訟を起こしている。柴山さんはその訴訟団のひとりだった。メンバーのなかで襲われたのは、これで三人目なんだ」

だんだんと全体の絵が見えてきた。おれは大塚駅をすぎて、福祉施設のある南大塚にむかった。

ハンドルを右に切りながらいった。

「襲ったのが誰か証拠はない。ベターデイズが怪しくても、警察だってお手あげ。お先は真っ暗ってわけか」

なんだか二十世紀初頭のアメリカの労働問題のようだった。おれの好きなフォークソングには、そんな歌詞がたくさん残っている。ふっくらとした唇をかんで、モエは近づいてくる灰色の建物を見つめていた。皮肉なことに施設の名は「きぼうの家」だった。

「それで、あんたはおれになにをしてほしいんだ」

駐車場にダットサンをいれた。すこしななめになったがかまうことはない。

「柴山さんを守ってほしい。できるなら、ほかの訴訟団のメンバーもだけど。それで、さらに望みをいうなら、ベターデイズが陰でなにをしているのか、調べあげてもらいたい。でも、そんなことができるのは、スーパーマンだけね」

おれは思い切りハンドブレーキを引いた。ワイヤーが悲鳴をあげる。

「そうかもな。でも、池袋の店番をなめないほうがいいよ。空は飛べないが、あんたたちといっしょに地面を転げまわることはできるんだからな」


「元気そうでよかったな」

おれはベッドに横になったサトシにグレープフルーツを投げてやった。見舞い代わりに、店先からくすねてきたものだ。部屋は六畳ばかりの広さのこぎれいな板張り。ベッドと机と小型のテレビデオがおいてある。コインロッカーではなく、ほんもののクローゼットもあった。サトシの顔色は芸術劇場のカフェのときより、ずっとまし。土色だった顔は、すくなくとも生物のあたたかさをもっている。

「マコトさん、どうしてここがわかったの」

サトシはベッドに横になったまま、おれからモエへ視線を動かした。

「うちの代表か」

おれは机のまえにあった木製のしゃれた椅子に腰かけた。なんだか学校にでもあるみたいなやつ。モエはメイド服で、ベッドの足元にひざをそろえて座った。ほんもののメイドみたいだ。組合の代表がいった。

「柴山さんから、真島さんの話をきいたときには、ライターでマスコミ関係の人だから、そちらの方面から助けてもらおうと思っていたの。でも、しりあいから評判をきくと、ライターとしてよりもぜんぜんトラブルシューターとしてのほうが有名で、それで今回の襲撃事件を調べてもらおうと思って」

ちょっとがっかりした。いくら書いても、なかなか文運隆盛とはいかないものだ。日暮れて道遠し。おれは気をとり直して、サトシに質問した。

「おまえが襲われたのは、どこだったんだ」

サトシは毛布のしたの右ひざに目をやった。

「池袋二丁目の路地だった。もうすぐ十時で、ネカフェのナイトパックが始まる時間だったんだ。その日は仕事がきつくて、シャワーつきのところに急いでいた。汗を流しておかないと、つぎの日の仕事で困ることがあるから。設備のいい人気の店はすぐにいっぱいになるんだ」

おれが育った街にそんな顔があったなんて、想像もできない。ナイトパック競争。

「きっとあせっていたんだと思う。いきなりうしろから首のつけ根をなぐられて、気がついたらアスファルトに倒れていた。それで、やつらのひとりがぼくのひざをしつこく蹴ってきたんだ」

「何人組だった？　背丈や服装なんかの特徴は」

サトシは目を細めて考えこんだ。モエとおれは辛抱強く待った。

「絶対とはいえないけど、三人いたと思う。顔は目だし帽とヘルメットでわからない。目だし帽がふたりで、スモークの張ってあるヘルメットがひとりかな。服装はごく普通。でも、なんというか……」

サトシはかすかに首をかしげていた。

「これは警察にもいってないんだけど、ただの勘だから」

じれったいやつ。サトシはひどく慎重で臆病だった。長く続いた非正規雇用のせいだろうか。

「いいからきかせてくれ」

「ごく普通の格好なんだけど、どこかぼくみたいだった」

モエがベッドの足元でいった。

「どういうことかしら」

「普通に身ぎれいにしてるけど、どこかすさんでいるというか、疲れているというか。洋服全体がしょぼいんだよ。日雇い派遣でなんとか生き延びてる人特有の擦り切れかたなんじゃないかな」

おれは腕を組んで考えてしまった。襲ったのはてっきりベターデイズ側だと思っていたのだ。

「じゃあ、サトシの同僚というか仲間が、おまえを襲ったのか」

モエが能面のような顔をしていった。

「登録制の日雇い派遣で働いている人には、同僚も仲間もいないの。ひとりひとり生存するためにぎりぎりで闘ってる。横のつながりはないわ。毎日どの現場にいくことになるのかわからないし、仕事の内容は携帯メールでしらされるだけ。それも派遣業者に有利な点なの。砂のようにばらばらで、誰も力をあわせようとしない。あの人たちのやりたい放題よ」

腹が立ってたまらないようだった。弱小組合の代表は力説した。

「だいたいインフォメ費だけじゃなく、四割近いマージンだって、ほんとうならおかしいよ。職業を斡旋する際には、厚生労働省令で手数料の上限が決められているんだ。上限でも一〇・五パーセントなんだ。それも月給の半年分のね。でも、日雇い派遣にはマージンの上限がまだ決められていない。できたばかりのシステムで、誰もここまでひどい状況は考えていなかったから。ベターデイズはやりたい放題なの」

おれはあきれてモエの顔を眺めていた。頬は真っ赤で、目は怒りにきらきらと光っている。

「なんで、モエはベターデイズのことになるとそこまでむきになるんだ。なにか個人的な恨みでもあるのか」

それはテレビのチャンネルを切り替えるようだった。民放のバラエティ年越し番組から、NHKの「ゆく年くる年」へ。燃え立つ怒りの表情は、冷静で有能なメイド顔にスイッチされてしまう。

「別に、そっちの気のせいじゃない。わたしは社会正義のうえから、腹を立ててるだけよ。マコトさん、あなたの日給は日雇い派遣と同じ一日七千円、うちのユニオンからお支払いします。明日からさしあたって十日間、ユニオンのために働いてください」

とんでもない依頼になってしまった。おれは日雇いでトラブルを解決したことなど一度もない。恐るおそるきいてみる。

「あのさ、一日に何時間働いたらいいのかな。うちの店の手伝いもあるし、この事件だけに集中できないんだけど」

モエはあきれた顔をした。

「わたしだって、トラブルシューターがどんなことをするのか、わからないよ。あとはまかせるから」

しかたがないので、わかったといってうなずいておいた。そのときのおれには、なんにもわかっていなかったんだけどな。


部屋をでるとき、サトシにきいた。

「そういえば、ここの部屋の宿泊費はどうなってるんだ」

返事をしたのはモエだった。

「ここは元々ホームレスの人の自立支援施設なんだ。期限は限られてるけど、ブルーシートハウスからここに移って、当面の生活費の援助を受けながら、就職先を探す場所。すくなくともここにいれば、住所はきちんと履歴書に書けるから」

サトシの声は低かった。ぽつりとつぶやくようにいう。

「ぼくはホームレスじゃないよ。ぼくはあの人たちとは違う」

おれは思いあがっていたのだろう。同情して声をかけた。

「いいんだよ。気にするな」

日雇い派遣のフリーターが顔をあげて叫んだ。

「よくなんかないよ。ぼくはみんなの税金で、自分の部屋なんかほしくないし、こんな形で脚を伸ばして眠れてもうれしくなんかない。どんなにきつくても、自分の働いたお金でいつか絶対にアパートを借りて、どこかの会社に正社員として就職するんだ。ぼくは絶対自分の力で生きていく」

サトシは肩で息をしていた。おれは毛布のうえから、やつの脚に手をのせた。

「悪かったな、おまえの気もちも考えずに。おれたちはもういくけど、なにかしてほしいことはないか」

やつはおれから目をそらすと、ベッドサイドのテーブルから丸いプラスチックの札がついた鍵をとった。おれにさしだす。

「これはロサ会館の裏にあるコインロッカーの鍵なんだ。マコトさん、悪いけどぼくの荷物をとってきてくれないかな。三日間も開けてないから、延滞料が九百円になっちゃったけど、お金はあとで払うから」

「わかった。じゃあ、元気でな」

おれはモエといっしょにサトシの部屋をでた。廊下を歩いていくと、小学校のころの給食のにおいがした。誰かが古い歌謡曲を歌っている。

「なあ、ひとつ質問してもいいかな。さっきの話なんだけど、日雇い派遣で働いて、ほんとにサトシのいうとおりちゃんと部屋を借りて、どこかの会社に就職できるのかな」

モエはちらりと横目でおれを見た。

「ものすごく丈夫で、体力があって、運のいい人なら可能かもしれない。でも、ほとんどのフリーターの人にはむずかしいんじゃないかな。仕事は毎日あるわけじゃないし、月の収入はせいぜい十五万円くらい。一度あの貧しさの罠にはまると、そこから逃げるのはひどくむずかしいの。これからマコトさんもそれに気がつくと思う。でも、それはまた今度ね」

帰りのクルマのなかでは、おれも組合代表も言葉すくなだった。サトシが最後に叫んだ言葉がおれのなかで消えずに残っていた。自分の力で生きること。そいつは確かに、いつの時代だって理想かもしれない。だが、おれたちが相手にしている新しい形の貧しさのまえでは、個人の力なんてまったく無力かもしれなかった。誰だって、巨大な津波とは闘えないのだ。

明日が今日よりも貧しくなる。子どもが親よりも乏しい選択しか与えられない。サトシのようにまじめに働く若いやつが、じりじりと格差のどん底に滑り落ちていく。それはこの六十年間で、おれたちに初めて起きてる事態だった。

口数だって、すくなくなるはずである。

つぎの日、おれはロサ会館の裏にあるコインロッカーから、サトシの思い出の品を回収した。高校生が部活でつかうようなバカでかいダッフルバッグがふたつ。かなりの重さだ。

その場所に立つと、おれは見慣れた池袋の街がまるで変わってしまったことに気づいた。なんだか副都心の片隅に、極小のスラム街ができあがっているようなのだ。ぐるりと四方を見わたす。目にはいるのは、ネットカフェ「タートルズ」の看板、コインロッカー、コインシャワー、そしてコインランドリーだ。どれも数枚のコインを稼ぐ無人の施設だった。これにあとは登録制の日雇い派遣から流れるメールがあれば、無限に住所不定の生活が続いていくのだろう。

そのときおれは信じられないものを見た。コインロッカーのまえで、若い女が着替え始めたのだ。周囲の視線を気にしているふうではなかった。スカートをはいたままロッカーからだしたジーンズに脚をとおし、ダウンジャケットを羽織って身体を隠して、トレーナーをセーターに着替えた。彼女のロッカーのなかは、サトシのと同じように私物でいっぱいだった。手早く着替えを終了すると、フリーターらしい若い女はコインロッカーに鍵をかけて、ごろごろとトロリーケースを引きずって、池袋の街に消えた。

誰も目をとめない街のすきまで、あんなふうに生きている人間がいる。いっておくけど、やつらの給料は業者に四割も天引きされている。フリーターは怠け者だという政治家に、このコインロッカーの風景を見せてやりたかった。

大塚まではＪＲでひと駅なので、クルマをだすより、電車でいくことにした。山手線のホームで電車を待つ。余白のページみたいな悪くない時間だ。おれは足元のバッグに目をやった。ポケットから、なにか手帳のようなものがのぞいている。

学生時代の思い出のノートだろうか。なんとなく抜きだして、ぱらぱらとめくってみた。いきなり目に飛びこんできたのは、太いマーカーのていねいな文字だった。

あきらめない。あきらめたら、そこで終わりだ。

泣かない。泣いたら、人に同情されるだけだ。泣きたくなったら、笑う。

うらまない。人と自分をくらべない。どんなにちいさくてもいい。自分の幸福の形を探そう。

切れない。怒りを人にむけてはいけない。今のぼくの生活は、すべてぼくに責任がある。

目に涙がにじんできた。文字が揺れて、よく読めなくなる。サトシがこのノートを、いつどんな状況で書いたのか、おれにはわからない。でも、三年間脚を伸ばして寝たことのない若者が、自分を励ますためにならべた言葉であることは確かだった。やつはあんな絶望的な状況でも、誰もうらまないという。すべては自己責任だといって自分を責めている。それならば、誰かがあいつのような人間のために働いてやってもいいんじゃないか。

電子のメロディが流れるホームで、しびれたようにノートを見つめていた。おれになにができるのか、わからない。だが、さっきコインロッカーのまえで着替えていた女の子やサトシのようなフリーターのために、やるべきことをしっかりとやろう。

そのとき、おれは初めて今回の事件を引き受けたのかもしれない。なんにしても、仕事を本気で引き受けるには、それだけのモティベーションってやつが欠かせない。

何本か見送ってから、つぎの山手線がホームにはいってきた。

おれがバッグを両肩にさげて、白線の内側にならんだときだった。ジーンズのポケットで、携帯電話が鳴り始めた。モエからだ。

「もしもし、マコトさん」

電車の音でよくきこえない。おれは携帯に叫んだ。

「なにかあったのか」

「すぐにきて。うちのユニオンのメンバーがまた襲撃されたの」

モエの声は悲鳴のようだった。

「場所は？」

「西巣鴨病院、ついさっきまで警官が調書をとっていた。お店のほうはだいじょうぶ？　すぐにこられるかな」

「わかった」

通話を切ると同時に走りだしていた。巣鴨と大塚をまわるなら、一度西一番街の家にもどってクルマをだしたほうがいいだろう。両肩にさげたバッグに、サトシの全生活必需品をずしりと重く感じながら、人でいっぱいのホームを駆け、階段を一段飛ばしでおりていく。

　あたりにいる会社員は誰もおれのことを見ていなかった。人が人に対して無感覚で冷淡になる。そいつは格差社会のひとつの特徴かもしれない。池袋駅のホームから二分半で、自宅に到着した。こいつは生まれて二十数年間の、おれの新記録だった。


　西巣鴨に着いたとき、気の早い冬の日はあっさりかたむいていた。

　駅の近くの商店街には夕食の買いものの主婦に混じって、たくさんの若いガキがうろついていた。サトシのようなワーキングプアとしりあって、おれの街を見る目は変わってしまった。西巣鴨みたいな普通の住宅街でも、ナイトパックの開始を待って時間をつぶしているガキがいるのではないか。そんなことが気になってしかたなかったのだ。

　病院の駐車場はいっぱいだったので、近くのコインパーキングにダットサンのトラックをとめた。おれたちの周囲にあるビジネスは、すべて無人のコイン化を完了させていくようだ。

　おれはモエに教えられた病室をめざした。廊下には病院の早い晩めしのにおいが流れている。６０３号室。廊下に張りだされたプレートを読んで、襲撃されたガキが入院している部屋に足を踏みいれた。四つのベッドに患者が三人。おれが病室の全体を目に収めると同時に、手まえのベッドをかこむカーテンのなかからモエの声がきこえた。

「ちょっと待って、永田さん。お医者さんにも、今夜は様子を見るために泊まったほうがいいっていわれたでしょう」

おれは天井のレールからさがったオフホワイトのカーテンをそっと開けた。

「あの、おとりこみ中のところ、ちょっといいかな。話をききにきたんだけど」

ベッドのうえではやけに細い男が身体を起こし、病院の寝巻きを脱いでいるところだった。髪は長髪をうしろで束ねている。黒いメイド服のモエが振りむいた。

「マコトさん、お願い、永田さんを説得して。肋骨にひびがはいってるし、頭を強打してるのに、病院をでるってきかないの」

やせ細ったガキはおれのほうを見なかった。二十代なかばだろうか。サトシと同じ自分の存在を殺しているような雰囲気がある。男が怒ったようにいった。

「ユニオンなんかとかかわったのが間違いだった」

そういうと血のついたトレーナーをかぶった。

「アバラにひびがはいってるのに、これからどこにいくんだ」

男はベッドからにらみつけてくる。

「ネットカフェ。今夜の寝場所を確保しなくちゃいけない」

「どうして今夜ひと晩だけでも、この病院に泊まらないんだ」

やつは顔をふせて、はずかしそうにいった。

「金がないんだ。おれは健康保険にもはいってないし、今回の治療代だって払えるかわからない。働かなかったら、ホームレスになっちまうんだぞ。どうせ肋骨のひびなんて、自然に治るんだろ。もう、おれのことは放っておいてくれ。東京フリーターズユニオンも今日で抜けることにする」

男はトレーナーのうえから安もののダウンジャケットを着て、胸についた血の跡を隠した。額の横に張ってある業務用のでかいバンソウコウには淡く血がにじんでいる。なんの落ち度もない襲撃された側が、こそこそと病院から尻尾を巻いて逃げていく。それも健康保険に未加入だから。豊かな国というのは、素晴らしいものだ。

しかたなく、おれはいった。

「わかったよ。退院はとめないから、話だけきかせてくれないか。晩めし、好きなものをおごるから。まだナイトパックが始まる夜十時までは時間があるだろ」

男はむずかしい顔をした。

「ほんとになんでも好きなものでいいのか」

おれはモエの顔を見た。あいにくおれの財布のなかにも、わずかなもち金しかない。銀座の高級寿司屋といわれたらどうしようかとびびっていたのだ。メイド服のユニオン代表がいった。

「わかりました。うちの組合の経費でごちそうします」

血まみれのトレーナーを着た非正規雇用のワンコールワーカーは、初めてうれしそうな顔をした。

「じゃあ、焼肉で」

指定どおりに焼肉のチェーン店にいくことにした。さすがにそのままの格好では店にはいれないので、永田がつかっているという池袋駅東口のコインロッカーに、ダットサンで寄った。やつは昼間の女の子のように、あたりまえのように路上で着替えた。ストリートが脱衣所なのだ。難民生活は厳しい。グリーン大通りにある焼肉チェーンにはいると、おおよろこびで注文する。

「上カルビと塩ハラミとタン塩、三人まえずつ。あと生ビー……」

おれの視線に気づいたのだろう。骨にひびがはいった当日にさすがにアルコールはまずい。やつは注文しなおした。

「ウーロン茶で」

おれはいった。

「じゃあ、ウーロンをみっつ」

メニューに目をやった。この店では、ハラミもカルビも五百円以下である。さすがにデフレ社会で成長する焼肉屋は低価格だった。

「で、いつ襲われたんだ、永田さん」

「ああ、その話か。朝からまったくついてない日ってあるよな」

永田は焼き網に視線を落として、ぼんやりした顔で語り始めた。

「今朝は駒込で仕事があるとメールがはいった。なんでもパチンコ屋の改装の手伝いだった。朝、八時集合だ。で、池袋のタートルズから、おれはまっすぐにむかったんだ。だけど到着してみると、もう人手は足りているといわれた」

「へえ、日雇い派遣にもキャンセルなんかあるんだ」

いまいましそうに永田はいう。

「ああ、しかも空振りだって交通費は自分もちだ。それで、すぐにベターデイズの池袋支店に電話して、ほかの仕事がないかきいたんだ。すると、所沢で引越し作業があるといわれた。そっちは好都合なことに、昼スタートだという」

「そうか、よかったな」

　モエはまるで表情を変えずに、正面をむいているだけだった。どうやら永田のついてない一日についてもうしっているようだ。

「よくなんかないさ。所沢のほうもいってみれば、手はあまっていたんだからな。駒込と所沢のいきかえりで、あわせて交通費が二千円以上飛んだんだぞ。仕事もないのに、最悪だ」

　普通はアルバイトでも交通費くらいはでるものだと、それまでおれは思っていた。モエのほうを見ると、冷静沈着なメイドは首を横に振った。

「うちのユニオンで交通費の支給を交渉しているところ。ベターデイズはぜんぜん話をきいてくれないけどね」

「しかたなく、おれは巣鴨にもどってきた。あそこは池袋ほど警官の職務質問もやかましくないし、安くて時間をつぶせる店がたくさんある。昼すぎに駅をでて、地蔵通りにむかう路地の途中で、ガツンだ。いきなりうしろからやられた」


　サトシのときとよく似ていた。問答無用で襲撃されるということは、自分たちが狙う相手が誰なのかはっきりしているのだろう。おれはつい警察官がするような質問をした。

「金はとられてないのか。あと、最近誰かにうらまれていることは？」

永田は届けられたハラミとタンを焼き網いっぱいに広げ始めた。

「おれ、いつかこうやって腹いっぱい焼肉くうのが夢だったんだ」

サトシの脚を伸ばして眠る夢、永田の一皿四百五十円の焼肉を腹いっぱいたべる夢。若者の夢は年々ダウンサイズしている。皮肉なものだ。薄切りのタンをトングでひっくり返しながら、永田はいった。

「うらまれることなんてないし、金もとられてないよ。財布をやられてたら、こうして焼肉をくうような食欲もなかったと思う。おれの全財産がはいってるからな」

永田は半分生のタン塩をうまそうに口に運んだ。

「襲ってきたのは、三人組だよな」

フリーターは驚いた顔をした。

「そうだ。そのうちのひとりがしつこくわき腹を蹴ってきた」

おれはサトシにきいた男たちの格好を思いだした。

「えーっと、目だし帽がふたりに、ヘルメットがひとりだっけ」

永田はハラミとタンを交互に口に押しこんでいる。

「なんだよ、だったら話をするようなこと、ぜんぜんないじゃないか。いっとくけど、それでも焼肉はそっちのおごりだからな」

ネットカフェ生活が長引くと、金にはうるさくなるようだ。

「わかってるよ。やっぱりそいつらも自分と似てる感じがしたのか」

永田の箸がとまった。ウーロン茶を半分ほど一気にのむ。

「考えてもみなかったが、そうかもしれない。いや、確かにおれたちみたいな負け犬の感じはあったな。着てるものにブランド品はなかったし、安ものばかりだった気がする。あと靴だな。三百円均一の店で見たことがある中国製のパチものだ」

サトシの証言と同じだった。フリーターがフリーターを襲うのは、どういう理由があるんだろうか。まるでおれにはわからない。黙っていたモエが口を開いた。

「柴山さん、永田さん、それにあとのふたりとも、共通する点があります」

永田がタン塩をやけにうまそうにくうので、おれも一枚ほしくなった。箸をとって、モエにきいてみる。

「おれもおごってもらっていいかな。その共通点て、なんだよ」

返事を待たずに紙のように薄いタンをつまんだ。たっぷりとコショウがきいて実にうまい。

「まずみんなうちの東京フリーターズユニオンに加入していた。みんなベターデイズの池袋西口支店で登録していた。それから、ユニオンの方針でインフォメーション費について、派遣会社に問いあわせをしていた。その三点かな」

毎回天引きされる使途不明の二百円がインフォメーション費だ。年商五千億を超える巨大人材派遣会社にしては、せこいやり口である。

「ふーん、ハラミももらうな。なんだかモエが探偵役をやったほうがよさそうだな」

ユニオンの代表は、池袋の店番よりずっと頭が切れるようだった。

「でもこんな状況では、もうインフォメ費について問いただすのは無理みたいね。うちの組合員をこれ以上危険にさらせないから」

そういわれたとたんにいいアイディアが浮かんだ。おれはハラミを一枚口に放りこんでいった。

「じゃあ、組合員じゃなければ、どうなんだ」


モエの顔から表情が消えた。頭のなかが一瞬フリーズしたみたいだ。

「だからさ、そのまま襲ったやつが得をするなんて、腹が立つじゃないか」

「それはそうだけど、うちのユニオンではひとりひとりの組合員を守れないから」

またタン塩をつまんだ。永田がくやしそうにいった。

「それ、おれが今くおうと思っていたのに」

おれはウーロン茶をのんで、モエの目をしっかりとのぞきこんだ。

「おれなら、だいじょうぶだ。心配はいらない」

モエは殺し文句にも反応せずに、ぼんやりしている。

「だからさ、おれがユニオンにはいって、ベターデイズの池袋西口支店に登録して、うんざりするほどインフォメ費をつつけばいいんだろ。別に日雇い派遣の登録にはむずかしい審査とかないんだよな」

永田の顔色がぱっと明るくなった。

「ああ、住所不定でもいいくらいだ。携帯電話をもってれば、誰でも登録はできるさ。あんたがやつらをとっちめてくれるのか」

おれには永田がいっているのが、襲撃犯かベターデイズかよくわからなかった。もしかすると、日雇い派遣のような働きかたを押しつける日本の全産業界かもしれない。するとモエが眉をひそめて口を開いた。

「襲撃犯をつきとめられたら、それはうれしい。でも、これ以上けが人をだしたくないの。マコトさんには仕事を頼んだけど、危険な目にあわせるのが目的ではないわ。それはわかってくれるかな」

おれはわかったといって、ハラミをもう一枚くった。今回はおいしい話だった。日当もちゃんとでるし、こうしてめしもついてくるのだ。

「おれは自分自身にボディガードをつけるつもりだ。襲撃犯なんか目じゃないくらい腕の立つやつをな。まあ、見ていてくれ」


東口の焼肉屋で別れて、おれは駐車場からダットサンをだした。ガソリン代や駐車料金は、経費として請求できるんだろうか。おれはアメリカ西海岸で探偵業をやったことはないから、どうしたらいいのかわからなかった。

ピックアップトラックをサトシのいるホームレスの自立支援施設にむけた。巣鴨のつぎは南大塚だ。おれのあつかう事件はいつもコンパクトにまとまっている。サトシの私物がはいったダッフルバッグをもって、ドアをノックするとサトシの声がもどってきた。

「はーい、どうぞ」

おれは両手にバッグをさげて、部屋にはいった。サトシはベッドでひざを曲げて身体を起こしている。壊されたひざ。永田のひびがはいった肋骨とどっちがいいだろうか。

「ほら、私物をもってきてやった」

「ありがとう、マコトさん」

おれはバッグをベッドのわきにおいた。木製の椅子に座っていった。

「悪気はなかったけど、外側のポケットにさしてあったノートを見ちまった」

なにかいおうとしたサトシの動きがとまった。

「……そうか、あれ見たんだ。なんかはずかしいな。みっともないことたくさん書いてあったでしょう」

そこにはぎりぎりの生活に追いこまれたフリーターが自分を励ます言葉がならんでいたのだ。あきらめない、泣かない、うらまない、切れない。今の自分の生活は、すべて自分に責任がある。

「いいや、ちょっと感動したよ。おれはサトシみたいに真剣に生きてないから」

サトシはふっと自分を笑ったようだった。

「ぼくなんて最低だよ。ホームレスと変わらないようなカフェ暮らしだったんだから」

「だけど、どうしておまえはそっちのほうにすべっていったんだ」

しばらく間があいた。サトシはじっと自分のひざに目を落としていた。

「そのことは、何度も考えたよ。やっぱりバリアーがなかったせいじゃないかな」

バリアー、おれはアメコミを原作にしたハリウッド製ＳＦ映画を考えた。どんなミサイルやビームもはじいてしまう念力のバリアーだ。

「誰でもひとつくらいは、自分の身を守るバリアーがあるよね。家族だったり、学歴だったり、財産だったり、頼れる友達だったり。でも、なにかの理由でそういうバリアーが全部ダメになっちゃうと、今は誰でも難民になる時代なんだと思う」

おれのバリアーを考えた。あのおふくろとちいさな果物屋。二階にはおれだけの部屋があり、脚を伸ばして眠ることもできる。あとは池袋の街のどこにでもいるあのガキどもも、おれのバリアーなのかもしれなかった。タカシとGボーイズ。サルや吉岡やゼロワン。誰ひとり金もちはいないが、みな頼りになるやつばかりだ。

「ぼくの家庭は複雑で、実家にはいられなかった。うちの話はしたくないよ。気分が悪くなるから。高校を中退してるから、就職にも不利だったし、専門的な技能はなにももっていなかった。地方からでてきたから、地元の友人を頼ることもできないし、この不景気でとても正社員の仕事は見つからなかった。気がついたら、日雇い派遣の仕事をして、ネットカフェで寝泊まりするようになっていたんだ。こんなのは自分だけだと思ったけど、東京のターミナル駅は池袋だけでなく、どこもすごい数の難民がいるよ。ただ身なりとかが変わらないから、みんな気づかないだけなんだ」

おれは目のまえにいる難民になんの手助けもできなかった。おれ自身が格差の底辺のほうで、なんとか日々をやりすごしているだけなのだ。果物屋の店番のおれの年収が四桁になることなど、二百年働いてもないだろう。勝ち負けでいえば、おれだって明白な負け犬である。だが、それがどうしたというんだ。おれたちはただ勝つために生きているんじゃない。そんなちいさな勝負を張るために生まれたわけじゃないのだ。

抑えきれずに、サトシにいった。

「なあ、おまえになにかしてやれることはないかな」

サトシは伏せていた目をあげた。黒々とした絶望が揺れている。

「ぼくひとりになにかをしても無駄だよ。ぼくみたいな生きかたしか選べなかった何千人か何万人の人のために、みんながなにをできるか。マコトさんは文章を書く人なんでしょう。それを考えてみてよ。ぼくは自分のことは、自分でなんとかするから」

力のある言葉だった。おれは心を震わせたまま、サトシの部屋をでた。ここには半年しか住むことはできないらしい。それまでに新しい住まいと仕事を見つけなければならないのだ。壊れたひざを抱えたまま、全財産ほんの数万円で、東京には頼る人間もなく。それでもサトシは自分には手を貸さなくてもいいという。

勇気という言葉が、ほんとうはどんな意味か、おれはそのときサトシに教えられたのだった。自分が最悪に苦しいときに伸ばされた助けの手を、別のもっと苦しい人間にまわしてやれる。それが勝ち負けを超えた人間の尊厳というやつだ。やせっぽっちで、ひと晩千円のネットカフェに泊まるこのガキが、おれのランキングでは最高に立派な人間のひとりなのだった。


ダットサンのシートに座り、携帯電話を開いた。相手は池袋の王様、キング・タカシだ。とりつぎから代わったのを確認すると、できるだけ明るい声をだした。

「やあ、おれのバリアーは元気かな」

さすがのタカシでも一瞬返事に困ったようだった。

「とうとういかれたのか、マコト。ちいさな脳でむずかしい事件を考えすぎたんだな」

ワトソン役にこんな冷たい言葉を投げられる名探偵がいるだろうか。この街のバリアーは悲しい。

「おれは明日から、ベターデイズに登録して働き始めることにした」

「へえ、おまえがワンコールワーカーになるのか」

考えてみたら、おれはタカシからのワンコールでずいぶんたくさんのトラブルにかかわっている。最近ではトラブルシューターも働き手も、みなワンコールで手配ができるのだろう。便利で、人間的な接触を欠く世界。

おれは東京フリーターズユニオンとベターデイズの話を手短にした。組合員が連続して襲撃され、それにはみっつの条件が重なっていることも。さすがにタカシは王様で、すぐにおれの依頼をのみこんだ。

「わかった。またおまえがエサになって、襲撃犯をつるんだな。襲ってきたところを、Ｇボーイズで制圧する」

「まあ、そんなところだ」

「そうなると二十四時間、おまえにガードをつけなきゃいけなくなるな」

おれはサトシと永田の襲撃状況を考えた。

「いいや、仕事のいきかえりと街をぶらついている時間だけでいいだろう」

「わかった。精鋭を送る」

電話を切ろうとしたタカシにいった。

「ところで、なんで組合のトラブルなんかに、おまえが熱くなってるんだ。そっちはストリートギャングだろ」

タカシはいつものようにしゃれた口をきいた。

「社会正義のため。まあ、正直な話、Gボーイズのなかにも、派遣会社に登録して、フリーターをやってるやつはけっこういるんだ。あれはあれで実に便利な働きかただからな」

下々の者の暮らしにも、心を砕かなければならない。やんごとなきかたもタイヘンである。タカシが冬の冷房のような声でいった。

「さっきのバリアーって、なんの話なんだ」

おれは思い切り感謝をこめていった。

「厳しい北風からおれを守ってくれるやさしいバリアーだよ。タカシ、いつもありがとう、ほんとに……」

せっかく礼をいおうとしたのに、途中でガチャ切りされてしまった。

礼儀しらずの王様。


翌日の午前遅い時間に、おれはおふくろと店番を代わって、池袋駅西口のターミナルにむかった。駅まえのでかいオフィスビルに、ベターデイズの池袋支店はある。年商五千億の人材派遣最大手ときいていたから、どれだけ立派なオフィスかと思って顔をだしたら、フロアの半分しか使用していなかった。それも築二十年にはなろうかという建物だ。

受付のカウンターには誰もいなかった。「登録希望者は→」と矢印の書かれたコピー用紙が張ってあるだけ。その矢印のとおりにすすんでいくと、やけに広い会議室だった。正面にはホワイトボードがあり、手まえに横長の折りたたみテーブルがびっしりと整列している。サトシのようなガキが十四、五人はいただろうか。みな、おたがいに距離をとって座っている。

十五分ほど待つと、気の弱そうな小柄な男が手にファイルをもってやってきた。ネクタイが曲がっているのが気になってしかたない。若いＯＬがノートパソコンをもってしたがっている。

「はい、では登録説明会を始めます。わたしはベターデイズ池袋西口支店、店長の谷岡晃一です。最初にうちの会社のビデオをみてください」

そこから恐ろしくつまらない企業ＰＲビデオを二十分間見せられた。人材派遣業は新しいビッグビジネスで、働くかたがたに自由と豊かさと安定を保証するものです。全産業界からも厚い支持を得ております。最後はベターデイズの右肩あがりの売上と経常利益のグラフが、きらきら輝く３Ｄで映写されておしまい。最初から儲けだけみせておけばよかったのに。ビデオのなかにも自家用ジェット機のタラップからおりてくる亀井繁治社長のヒゲ面が映っていた。でたがりの品のない勝ち犬。


「はい、では登録を開始します。順番にこちらにならんでください」

おいおい、なんの説明もないのかよ。おれはびっくりしていたが、やる気のない店長はファイルを広げて受付を開始した。なんというか恐ろしく抵抗感のない説明会だった。

おれの番がまわってきた。近くでよく見ると谷岡店長の顔色は最悪。ところどころコケの生えた日陰の土みたい。ちらりとおれに視線をあげるといった。

「お名前は」

「真島誠」

おれはそれから、年齢と携帯電話の番号とアドレスをきかれた。緊急時の連絡先なんかも。ＯＬがすごいスピードで、ノートパソコンの雛形に情報を入力していく。

「住所は？　決まってないようなら、別にいいんだけど」

おれは難民の振りをした。襲撃犯のことを考えると、おれの住所はしらせたくない。

「不定です。あちこちのカフェに泊まっていますから」

「じゃあ、真島さんは派遣の仕事に慣れてますね」

おれはうなずいていった。

「はい、明日からよろしくお願いします」

なんの反応もなかった。登録は五分で終了。帰りに仕事の探しかたや手順を書いた紙切れとプラスチックの登録カードをもらった。おれの登録番号は、Ｉ２８３５６である。

えーと、なんかロボットにでもなった気分。


ベターデイズをでると、おれはまっすぐにウエストゲートパークにむかった。東武デパートのまえで、タカシと約束していたのだ。スモークを張ったメルセデスのＲＶにのりこむと、タカシは黒革のシートで脚を組んでいた。

「マコトが日雇い派遣なんて、なんだかおもしろいことになってきたな」

おれはシートに腰を落ち着けると、すぐに携帯電話を抜いた。さっそく仕事の手配をしなければならない。

「ちょっと静かにしていてくれ。職探しをするから」

おれはベターデイズの番号を押した。内勤の女の声がきこえた。マニュアルどおりに伝える。

「スタッフ番号I28356の真島です。明日の仕事ありますか」

かちゃかちゃとキーボードをたたく音がした。

「はい、豊洲の倉庫で清掃と荷運びの仕事があります。日給七千五百円。集合朝六時、池袋西口マルイまえ。これでOKですか」

びっくりするくらいスピーディで、カンタン。確かに便利な働きかたではある。

「了解しました。よろしくお願いします」

「はい、お疲れさま」

電話を切るまでに一分とかからなかったと思う。タカシはあきれた声でいった。

「なんだかコンビニで雑誌でも買うくらいの手軽さなんだな」

「ああ」

おれの気もちは複雑だった。働くことって、もっとこう手ごたえのあるものじゃなかっただろうか。それがこんなふうに砂のようにさらさらに乾いて、労働力の売り買いだけになる。こんなことでは、そのうち命までネットに売りにだせるような気がした。タカシが普段の氷の声にもどっていった。

「おまえには四人のガードをつける。仕事から離れたオフタイムは、なるべく街をぶらぶらして、襲われやすいようにしておけ。連絡はこまめにいれるんだぞ。マコトが襲撃されてけがをしたらしゃれにならないからな。ところで、ユニオンのカードってもってるのか」

おれは財布から、ベターデイズの登録カードと今朝届いた東京フリーターズユニオンのカードを抜いた。どちらも日付は同じになっている。

「まかせておけ。一日でも働いたら、組合員になれるんだ。何日か日雇い派遣をやって、あとはやつらの足の裏に刺さった釘みたいな嫌味なガキになるさ」

タカシは横目でおれを見た。

「マコトが人をいらだたせる才能については、おれは心配していない。いつもどおりでいいんだからな。おまえのガードの責任者は、そこにいるゼブラだ」

おれはよろしくといって、手を伸ばした。サングラスをかけた小柄なガキが分厚い手でにぎり返してくる。てのひらが潰されそうだった。指の硬さでなにか格闘技をやっているのがわかった。おっかないボディガード。


ぶらぶらと冬の歩道を歩いて、店に帰る途中だった。メールの着信音が鳴った。開いて読み始める。

作業コード　9983
得意先　㈱豊国倉庫
作業場所　江東区豊洲
作業時間　8：00〜14：00
残業　不明
支払い給与　7500円
作業人数　12名

こんな調子のメールが二十行も続いていた。あとは作業の内容や現場アルバイトの責任者の名前、集合場所なんかだ。注意事項としては、軍手とマスクをもっていくこと。ジーンズはNGなので、作業ズボンをはくこととあった。なんだかおかしな感じである。人間同士の接触は極力なくして、仕事だけを抽出するのだ。真島誠という一個人ではなく、統計のうえの潜在労働力の1ポイントになった気がした。

そのままメールを閉じて、モエの番号を選んだ。メイド服のユニオン代表の声はタカシに負けないくらい冷たかった。

「ベターデイズに登録をすませてきた。明日の仕事も決まったよ。ユニオンのカード、ありがとな」

おれは倉庫の仕事について簡単に報告した。すると、モエの様子が変わった。なにか熱くなっているようだ。

「その豊洲の倉庫のことなんだけど、どれくらい港に近いのかな。悪いけど、マコトさん。携帯のカメラでいいから、現場の写真を撮ってきてくれない。作業の様子がわかるものだとなおいいんだけど」

「どうしてだ」

　さすがにユニオン代表だった。モエはあっさりという。

「今の労働者派遣法では、港湾と建設の現場への派遣は禁止されてるの。その豊洲の倉庫の仕事が港湾労働だったら、ベターデイズの派遣法違反を証明できる。やっぱり身体ががっしりしてたからかなあ」

　なにをいってるんだろうか。まるでわからない。

「登録のときにむこうも適性を見ているの。ルックスがよければ、対人のサービス業。身体が丈夫そうなら、力仕事。パソコンなんかが得意なら、入力の仕事」

「なんだよ。おれのとり柄は力だけかよ」

　傷ついた。これはやはりベターデイズには厳しいおしおきをしてやらなくちゃ気がすまない。おれはユニオン代表との電話を切ると、腹を立てながら果物屋にもどった。


　冬の朝六時は、夜明けまえだった。

　真っ暗ではないけれど、朝焼けも始まっていない青い時間である。池袋のマルイから芸術劇場にかけて、たくさんのガキが白い息を吐いてたむろしていた。劇場通りにはミニバンとマイクロバスがびっしりとならんでいる。おれの住んでる街でこんな景色を見たのは、生まれて初めてだった。池袋駅の西口は日雇い派遣の有名な集合地点だったのだ。

おれはしばらく立っていたが、誰がどの派遣会社の、どんな仕事なのかわからなかった。すると作業ズボンにドカジャンを着た若い男が叫びながらやってきた。

「ベターデイズ、９９８３豊洲の倉庫で働く人いませんかー」

「はい」

軍手をつけた右手をあげた。男はいう。

「むこうのマイクロバスにのってください。責任者の木下です」

「あの、そちらはベターデイズの人なんですか」

木下は驚いた顔をした。

「いいや、みんなと同じアルバイトだけど」

「ふーん、じゃあ現場にはベターデイズからは誰もこないんだ」

「きみは日雇い派遣始めたばかりなんだね。現場におえらい正社員さまがくるはずないだろう。先にバスにのっててくれ。残りを拾っていくから」

おれは薄暗い西口五差路で、シートがほこりまみれのオンボロバスにのりこんだ。バスの座席には無言の十二人。囚人の護送車のなかだって、もうすこし明るい雰囲気があるんじゃないだろうか。

バスは朝焼けの高速を走って、豊洲の倉庫街に到着した。時刻はまだ七時で、一時間もまえに現場についてしまった。おれたちはバスのなかで待機した。終始無言。誰かのポータブルゲーム機やiポッドの電子音がきこえるだけだった。始業時間の三十分まえになると、現場責任者がいった。

「そろそろ準備しまーす」

返事はない。日雇い派遣では横のつながりもない。誰もがその日初めて顔をあわせる人間なのだ。モエがいってた砂のような働き手というのは正確な表現なのだった。おれたち作業ズボンの十二人は、新幹線も楽にはいりそうな倉庫に移動した。暖房はないので寒々としている。

コンテナのならぶ倉庫のなかに制服姿の男が四人立っていた。胸に見たことのないマークが刺繍されているから、きっと倉庫会社の人間なのだろう。木下がよろしくお願いしますといった。残りのガキが元気のない声をあわせて、同じ挨拶を繰り返す。

「はい、よろしく。今日みなさんにやってもらう作業は、倉庫内のダクトの清掃と小麦粉の積み替えです。清掃のほうはあの高所作業台のうえにのって、ダクトのうえに積もったほこりをブラシで落としてもらいます。積み替えはコンテナから袋をだして、そちらのちいさなペレットのほうにのせてもらいます。じゃあ、あなたとあなたとあなたとあなた」

倉庫会社の男は適当に四人指さした。おれもそのなかにはいっている。自己紹介をしないのは、そんなことをしても意味がないからなのだろう。明日もこの現場にくるかは、誰もわからないのだ。

「ダクトの清掃をお願いします」

長い柄のついたブラシとヘルメットをわたされた。高所作業台といっても、建設現場によくあるようなアルミパイプと足場でつくられた雑なものだった。移動させやすいように脚はキャスターになっている。台のうえには手すりもついていなかった。

そのとなりにはぴかぴかのクレーン車。ブームの先にはバケットがついている。倉庫会社の男はそちらのほうに折りたたみの椅子と週刊誌をもってのりこんだ。残りの正社員さまは、腕を組んで倉庫に散らばった。指名されたおれたち四人は、台車の横についたはしごをのぼっていく。

ダクトのうえには分厚いスエードのように密なほこりがたまっていた。ブラシで掃除すると雲のようなかたまりが、白い粉塵を撒き散らしながら落ちてくる。おれにはゴーグルはなかった。口と鼻をおおうのは、風邪用のガーゼのマスクだけ。倉庫会社の社員はクレーンの先についたバケットのなかで椅子に座り、週刊誌を読み始めた。こちらはしっかりとゴーグルをして、防塵マスクをつけている。

それから三十分ほどの作業で、おれの目は真っ赤になったし、いくら鼻をかんでもくしゃみがとまらなくなった。ダクトは倉庫内を縦横に走っているのだ。いくら作業しても終わりが見えない。

おれは初めてサトシがいった「うえの階級の人」という言葉を理解した。

日雇い派遣の現場では、正社員さまは実際に上層階級に所属している。


昼めしは、近くのコンビニで弁当とカップ麺を買ってきて、倉庫の外でたべた。十二人のフリーターが黙々とめしをくう。ただそれだけの絵だ。おれは何人かに話しかけたが、みな面倒そうな顔をして、相手をしてくれなかった。退屈だったので、無人の倉庫のなかを携帯電話のカメラで撮影してまわった。写真の腕はけっこういいんだ。

午後からは人員のいれ替えがあって、おれは小麦粉のほうにまわされた。ようやくこれでひと安心。清掃作業はひと言でいって、そのうち必ず病気になる最悪の仕事。力仕事のほうがまだましである。

大型コンテナのなかには天井に届くほど、小麦粉の紙袋が積まれていた。ひとつ三十キロ。そいつを運び、十メートルほど離れたペレットのうえにのせていく単純作業だ。だが、こちらのほうも危険があった。どこの国で積みこまれたのかしらないが、コンテナのなかは実におおざっぱに袋が重なっているのだ。いつ崩れるか、心配になるくらい。コンテナでうえから順に小麦粉をおろしてくるのが三人、残りの五人が袋をかついでペレットに運んだ。おれはかつぎ屋のほうだ。

正確にはかつぐというのは間違いで、大型犬でも抱くように三十キロの袋は正面にしっかりと抱えたほうが楽だった。左右どちらかの肩にのせると、その重さでは身体がねじれすぎて、逆に疲れるのだ。

こちらはほんの十五分で、真冬でも汗が噴きだしてきた。さっきのダクト清掃で顔はほこりまみれなので、どろどろの灰色の汗が流れ落ちる。果物屋の店番というのは、退屈だが案外天国なのだと、おれは骨身に染みて理解した。

作業は黙々と続いた。

午後の仕事には休みはなかった。なかには足元をふらつかせるようなガキもいたのだが、誰もなんの注意も払わない。あと一時間で終わりというときだった。おれがコンテナの入口をのぞくと同時に、重いものが崩れるざらりと嫌な音がした。目をあげると、小麦粉の山のふもとにいたガキに、四、五袋まとめてすべり落ちていくところだった。重さ三十キロのかたまりが三メートルはある山からふってくるのだ。やつは必死で身体を投げだしたが、逃げ遅れた右足に袋は積み重なった。

「だいじょうぶか」

「あー」

やつは切ない声をあげた。おれは足首のうえの袋を蹴飛ばして、どかしてやった。現場の責任者を呼ばなければならない。

「木下さーん。けがしたみたいだ、きてくれ」

おれが助けを求めると、コンテナから倉庫会社の社員が顔をのぞかせた。迷惑そうな顔をしている。木下は午後はダクト清掃だった。やつもほこりまみれで、パンダとは逆に目のまわりだけ白くしてやってきた。ガキの足首はおかしな角度に曲がっている。

「救急車を呼んだほうがいいと思う。こいつは骨までいっちまってるぞ」

おれが木下にそういうと、正社員がやつの耳元でなにかささやいた。現場責任者はちいさな声でつぶやいた。

「弱ったなあ。ちょっと待って、ベターデイズに電話してきいてみるから」

そのあいだもガキはコンテナの床に倒れこみ、痛む足首を押さえてうめいているのだ。正社員は集まってなにか話していたけれど、こちらにはなにも教えてくれなかった。木下も池袋西口支店に電話したようだが、まるでラチはあかないようだった。おれは自分の携帯を抜いた。

「いいよ、おれが救急車を呼ぶ」

正社員が飛んできた。さっきクレーン車で週刊誌を読んでいた中年だ。

「待ってくれ、うちの敷地に救急車なんか呼んでもらったら困る」

ほかのフリーターたちはぼうっと突っ立ったままだった。心配しているふうでもなく、抗議をする気配もない。ただスイッチが切られているだけの感じだ。おれは叫んだ。

「ふざけるなよ。作業中の事故なんだから、労災に決まってるだろ。なあ、木下さん」

おれはようやく電話を終えた現場責任者に話を振った。責任者というのはその場でおきることに、責任をとる人間のことだ。普通は誰だって、そう思う。だが、木下は信じられないことをいった。倒れているガキにこういったのだ。

「青木くん、悪いけど自分でタクシーをつかって病院にいってくれないか。今日の作業はもう終わりでいいから」

「どういうことなんだ」

おれがそういうと、木下は困った顔をした。

「労災の申請は面倒だし、得意先には迷惑はかけられないんだって。ベターデイズのほうは我慢してくれといってる」

青木はなんとか立ちあがった。やつの台詞は切なかった。

「あの、病院までのタクシー代はだしてもらえるんでしょうか」

木下は首を横に振った。タクシー代をだすというのは非が自分たちにあると認めることだ。ベターデイズも倉庫会社も絶対にそんなことはしないだろう。おれは日雇い派遣の裏側にある真実が、ようやくわかってきた。

ここには誰ひとり責任をとる人間がいないのだ。すべての責任はつかい捨てにされるフリーターにある。無限の自己責任。おれは青木の腕を肩にのせて、やつを支えてやった。

「なあ、あんたは健康保険にはいってるのか」

青木は痛みで青白くなった顔を横に振る。おれはその場の全員にきこえるように声を張った。

「これから、外の道路までこいつを送ってくる。そのあいだ作業はできないから、なんだったら、おれの日当から引いといてくれ。それでいいよな」

木下が気《け》おされたように場所を空けた。正社員たちはなにもきかなかったようにけが人とおれを無視している。そのうちのひとりが叫んだ。

「さあ、仕事にもどるんだ」

午後の作業はなにごともなく再開された。


その日は、自宅にもどって着替えだけもち、すぐ外にでた。おふくろは汗とほこりまみれのおれの姿に驚いていたようだが、そんなものはおれが一日で目撃した事実にくらべればなんでもない。

おれはばかでかいショルダーバッグに荷物を詰めこんで、池袋の街にもどった。目的地は西口繁華街にあるネットカフェ、タートルズである。サトシから情報は仕入れてあった。その店ならベターデイズの登録カードを見せれば、一泊千円のナイトパックが二百円安くなるし、シャワーやパソコン、マッサージチェアなんかの設備も整っているという。

西一番街にでると、ゼブラの姿がむこう側の歩道に見えた。ファットなジーンズにやはりだぶだぶのトレーナーとスタジャン。残り三人のGボーイズは影も形もわからなかった。きっとどこかにうまく隠れているのだろう。おれは軽くうなずいて、タートルズをめざした。

店のガラス扉には3時間パック、5時間パックの料金が書かれていた。まだナイトパックの始まる夜十時まではだいぶあったが、金のことはかまうことはない。おれはモエから一日七千円もらっていたし、今日の報酬七千五百円もある。ナイトパックを待たずに堂々とタートルズにのりこんだ。なにせ一刻も早く汗とほこりを落としたくてたまらなかったのだ。

これからしばらくは自宅には帰らないつもりだった。おれも潜入捜査官のはしくれだし、襲撃犯にうちの店をしられるのが嫌だった。だが、そいつがとんでもない選択ミスだったのである。


おれがはいったブースは畳一畳半ほどの広さだった。周囲を合板でかこまれているが、肩の高さくらいまでしかないので、プライバシーは半分くらいしか守られなかった。つくりつけのデスクには、パソコンとテレビとDVDプレーヤーがずらりとならんでいる。合成皮革のリクライニングチェアは肘かけのところに、点々とタバコの穴が開いていた。以前ここをつかった誰かさんの悪意が感じられて、気分が悪くなる。たっぷりとまかれた消臭剤のにおいが逆に鼻についた。

自分のブースを点検すると、すぐにシャワーにむかった。こちらは意外と優秀。一時間三百円のコインシャワーなのだが、バスタオル、ひげそり、シェービングフォーム、石けん、シャンプー、リンスとすべてついて、この値段なのだ。おれは熱いシャワーのしたで、二度髪を洗い、何度もうがいをしながら身体を洗った。そうでもしなければ、とてもじゃないがダクトの粉塵を落とせなかったのだ。

生き返った気分でブースにもどり、のみ放題のジュースをお代わりした。さて、今度はまた明日の仕事を予約しなければならない。それにきちんとクレームもあげておかなくちゃな。

おれは前日と同じように仕事を問いあわせて、別な日雇い仕事をゲットした。メールが送られてきたのを確認してから、またベターデイズの池袋西口支店に電話をかけた。今度は店長の谷岡をだしてもらう。

「昨日からお世話になってます。I28356の真島です」

谷岡は疲れたように笑った。

「登録ナンバーは別にいいよ。なんの用かな」

「現場責任者の木下さんから、事故の話はきいてないですか。青木さんという人に重さ三十キロの小麦粉の袋が落ちたんですけど」

「ああ、報告は受けている」

とことん疲れた声だった。ほかにはどんな感情もないのだ。

「ああいうの、ほんとうは労災ですよね。どうして、倉庫会社もベターデイズもけが人を見殺しにしたんですか。自分の金をつかってタクシーで病院いけなんて、ひどい話じゃないですか。谷岡店長の息子さんがそんな目にあったら、どう思いますか」

店長はふーとため息をついた。

「うちの子はまだ小学校一年生で、労災の心配はいらない。お願いだから、フリーターではなく、正社員になってくれというだろうな」

正直な男だった。案外話せるやつかもしれない。

「じゃあ、青木さんにすこしは見舞金とかだしてやったらどうですか。おれだって、いつ自分があんな事故にあうのかわからないんじゃ、安心して派遣で働けないですよ」

「すまないが、その事故は正式な労災として記録されていないんだ。ぼくも青木さんのことは残念だと思う。でも、会社としては存在しない労災の申請はできないし、理由のない見舞金をだすこともできない。うちは支店ごとの売上ノルマが厳しくてね、このシステムは店長個人ではどうしようもないんだ。残念です」

自分をあざ笑うような調子だった。

「じゃあ、みんなつかい捨てでおしまいなんですか。壊れたら機械の部品のようにポイですか。そういうのが、自己責任ですか」

青くさいのはわかっていた。でも、いわずにはいられなかったのだ。おれの頭のなかには、タクシー代はだしてもらえるかといった青木の顔が浮かんでいる。

「きみの相手をずっとしてやれればいいとは思う。ぼくは大学で社会学を専攻していたからね。社会的な不正義や経済の格差には心が痛むよ。でも小学校にいく息子をもつ父親としては、会社には逆らえないし、非正規の派遣という働きかたは経済界全体が選んだ方法だ。ぼくひとりの力ではどうしようもないんだよ」

確かに谷岡店長のいうとおりだった。おれの力も、店長の力も、たとえばユニオンだって、世界をのみこむグローバルな波には逆らえないだろう。

「確か真島くんは、住所不定だったな」

「そうだけど」

店長の声は心の底からでているようにきこえた。

「ご両親は健在なのか。家の人とはうまくやっているか」

おれは口うるさいおふくろのことを考えた。

「まああかな」

「なにがあったかしらないけれど、親御さんに頭をさげて、なんとか実家で暮らせるようにしたほうがいい。いいか、うちがだしている日当では、どんなに働いてもネットカフェ難民の暮らしからは脱出できないぞ。自分の部屋も借りられないし、結婚もできない。悪いことはいわないから、とりあえず実家に帰りなさい」

そうはいわれても、潜入捜査官としては尻尾を巻いて帰るわけにはいかなかった。

「アドバイス、ありがとうございます。でも、別な闘いかたがあるんじゃないですか。おれは東京フリーターズユニオンにはいりましたよ」

この情報に店長がどんな反応を示すのか。ここがポイントだった。やつはあっさりと受け流した。

「そうですか」

どうも手ごたえがなかった。おれはさらにたたみかけた。

「インフォメーション費のことも、納得いかないですから。だいたいあれはなんの費用なんですか」

深いため息をついて谷岡店長はいった。

「本部からは、安全対策の備品代とこたえるようにいわれている」

他人事の返事だった。

「でも、おれは今日の現場で、防塵マスクもゴーグルももらってないですよ。あの二百円はどこに消えたんですか」

親身に話していた店長はどこかにいってしまったようだった。話を打ち切る冷淡さがにじんだ。

「すまない、つぎのミーティングが始まりそうだ。真島くんの話はきいたよ。いいから、ちゃんと実家に帰りなさい」

電話はそこで切れてしまった。まあ、ユニオンとインフォメ費の話はできたから、ベターデイズにプレッシャーはかけられたとは思う。だが、電話を終えたおれの気もちは複雑。なんだか谷岡が憎めなかったのである。それともそいつがやつなりのクレーマー対策だったのだろうか。まだ夜は早かったが、おれの身体は限界だった。一日に何トンも小麦粉を運べば誰だってそうなるだろう。せっかくつかい放題のパソコンがあるから、海外のエロサイトでものぞこうかと思ったが、リクライニングチェアのうえでおれは殴り倒されるように眠りこんでしまった。

最悪だったのは、そのオリーブ色の合成皮革のリクライニングチェア。

おれは初めてのネットカフェの夜、何度も目を覚ますことになった。一番きついのは脚を伸ばせないことと寝返りが打てないこと。ほんの二時間ほどで、自然に目が覚めてしまうのだ。

薄暗いナイトパックの夜、どこかのブースで男がぶつぶつと文句をいっていた。携帯ゲーム機の軽快な電子音が鳴っている。おれは谷岡の言葉を思い返していた。どんなに働いても、この暮らしからは脱出できない。生存することしかできないとしたら、その働きかたにどんな希望がもてるのだろうか。

仕事は誰でも金のためにやる。だが、同時に自分でなくてはできないかけがえのなさや誇りがもてない仕事は、人をでたらめに深いところで傷つけるのだ。何度か目覚めて、もう眠るのをあきらめた夜明け、おれが考えていたのはそんなことだった。どうしたら非正規雇用の千七百万人弱が誇りをもって、幸福に働けるか。そんなことを解決するのは、日本国の総理大臣でもないおれには、とうてい無理な話。

だけど、おれはみんながしあわせに働いている夢を見たのだ。ネットカフェの狭くて息苦しいブースのなかでね。ジョン・レノンじゃないが、おれにだって夢くらいは見られるからな。

翌日の仕事は、なんとゴミ屋敷の清掃だった。現場は練馬の住宅街のどまんなか。ベターデイズから派遣されたのは男四人で、二トントラック六台分のゴミを敷地のなかから運びだした。派遣の仕事をして驚いたのは、この世界には実にさまざまな仕事があるってこと。二日目は事故もなく、あのダクトの粉塵のような身体に有害な悪影響もなかった。全身の筋肉痛はなかなかだったけれど、そいつのほうは若いからだいじょうぶ。

二日目が終わって、支店に給料をとりにいった。登録カードを見せて、サインをするだけだ。税引き後の手どり一万三千円とすこしを、これほど大切に感じたことはない。帰り際、エレベーターホールで谷岡といっしょになった。またも疲れた土気色の顔。やつはおれに気づくと小声でいった。

「どうだい、なか直りして、実家にはもどれそうか」

適当にごまかしておく。

「まあ、なんとか。それより店長って、どうしていつもそんなに疲れた感じなんですか」

谷岡はくにゃりと崩れるように笑った。

「ときどきそっちの仕事がうらやましくなるよ。正社員は果てしなく残業しなくちゃならないから。ぼくの残業は去年は千二百時間を超えたんだ」

あきれてしまった。過労死の認定ラインは年に九百時間だと、以前にどこかで読んだことがある。谷岡はそれよりもはるかに長時間の重労働に耐えているのだ。

「店長、おれたちの国って、どうなっちまったんですかね。一方ではおれたちみたいな働いても働いても自分の部屋ももてないフリーターがいて、正社員になることにあこがれている。でも、その正社員が店長みたいに過労死ぎりぎりなんてことになってる。それじゃ、どこにも逃げ場がないじゃないですか。その中間くらいにうまい働きかたってないんですか」

おれは前日の夜から、よりよい働きかたばかり考えていたのだ。社会改良家、マコト。谷岡店長は胸をつかれたようだった。疲れ切った目にかすかに光がさした。

「こんな無茶はいつまでも続かない。いつか、みんなで考えなくてはいけないときがくるんじゃないかな。でも、それまでのあいだ、ぼくも真島くんもたべていかなければならないからな。おたがいの場所でなんとか身を守っていくしかない」

おれはベターデイズの店長にだんだんと好意に似たものを感じ始めていた。この男を罠にかけなければいけないのだ。なんだか気の滅入る仕事。


その夜もまたベターデイズに電話をかけて、ユニオンとインフォメ費の話を延々と続けた。今度は谷岡店長ではなく、平社員相手。おれの電話はたらいまわしにされたけれど、十分にうるさくて、生意気な登録メンバーという噂は立ったことだろう。

つぎの日は店を開け、顔にでかい花粉用マスクをして店番に立った。酔っ払いにイチゴやメロンを売るのは、なんて牧歌的な仕事なのだろうか。ダクトの清掃にくらべたら、天国みたいだ。お気にいりのショスタコービッチもきき放題だしな。身体もゆっくりと休められる。

それで、おれのスケジュールが決まった。二日ワンコールワーカーとして働き、一日店番として休む。その繰り返しだ。自由時間はGボーイズのボディガードをこっそり引き連れて、池袋の路地裏をぶらぶらした。誰でもいいから、早く襲撃してくれないだろうか。

このままではすぐにおれの腹筋が六個に割れてしまう。おれは頭脳派で、マッチョは似あわないんだ。


タカシとモエとは毎日電話で話していた。モエによると永田の襲撃以来、ほかの組合員は襲われていないという。タカシに状況を報告したら、あっさりといわれた。

「だったら、おれたちがその店長を襲ったらどうだ」

コロンブスの卵的な発想をする王様。

「目だし帽で襲えば、誰だかわからないだろ。それでベターデイズの内情をたっぷりと吐かせるんだ。悪くないだろ」

悪くないと、おれはいった。でも、ぜんぜんよくもない。キングはいう。

「このままなにもなかったら、ずっと空振りだ。マコトのほうでもっと騒ぎを起こせないのか」

そういわれたら、そのとおりだった。Gボーイズのボディガードだって、いつまでも無料で動かせるわけではない。

「OK。再チャレンジしてみる」

電話を切って、おれは考えた。ユニオンのはちまきでもして、池袋西口支店にのりこんでみるか。あまり品のない騒ぎは、おれにはあわないのだが、背に腹は代えられない。

二勤一休のシフトが三回目にはいった日のこと。おれはかよい慣れたベターデイズに給料をとりにむかった。支店のなかにはいると、いつもとぜんぜん空気が違っていた。フリーターの生気のなさはあい変わらずだが、正社員のほうが気が立ってぴりぴりしているのだ。

会議室には受け取りの行列ができていた。ようやくおれの番がくる。登録カードを見せて、サインをしていると、やけにでかい声が響いた。

「おい、だらだらしてるんじゃない。おまえたち、挨拶はどうした」

ひとりで怒鳴り散らしながら、坊主刈りの中年男がやってきた。教習所の鬼教官タイプ。声のでかさで周囲の人間にいうことをきかせられると信じこんでいる男だ。やつはおれを見ると、意味なくでかい声でいった。

「おまえが、真島か。ユニオンにはいってるんだってな」

なぜ、おれの情報をもっているのだろう。ちょっと驚きはしたが、おれにはこういう単細胞は好都合だ。東京フリーターズユニオンのピンクのカードをだしてみせる。

「おれがどんな組合にはいろうが勝手だろ。あんたには関係ない」

第一このお偉いさんのことを、おれはまったくしらないのだ。ベターデイズの社員たちもびびってしまって、誰も紹介してくれないしな。

「組合なんかにはいるとロクなことがないぞ。そんなものやめて、一生懸命働け」

「そうかな。インフォメ費の話じゃあ、あんたたちよりユニオンのほうが、ずっと信頼できそうだけど。あの金はどういう理由で、勝手に天引きしてるんだよ。なんにつかってるんだ」

おれのうしろにできた行列から声が飛んだ。

「そうだ、なんにつかってるんだ」

おれはガキの顔を見た。別にユニオンのメンバーではなさそうだったが、不満はたまっているのだろう。ごま塩の坊主刈りは顔を赤くしていった。

「労災の保険とかあるだろう。みんな、おまえたちのためにつかってるんだよ」

おれは歯を見せて笑い、いってやった。

「このまえ豊洲の倉庫で作業中の事故を見た。足を骨折したやつは電話で指示されていたぞ。自分の金で勝手に病院にいけってな。救急車を呼ぶと労災になって面倒だからだってさ。なにが保険だよ。そんなもん口先だけだろうが」

何人かのフリーターが、おれの背中に拍手した。

「やかましい。ビジネスの世界にはちゃんと大人の理屈ってやつがあるんだ。おまえたちみたいな自分の仕事に責任をとらないやつらに、なにがわかる」

男は会議室からでていった。これだけ騒げば十分だろう。給料袋をもって廊下にでると、谷岡店長がにやりと笑いかけてきた。

「真島くんはすごいな」

おれは肩をすくめた。こういうときしかほめられないのは、あまりうれしくない。

「あの人は倉敷さんといって、東京北西部のブロック長だ。ぼくもあの声でいつも怒鳴られてるよ」

「まあ、高給とりだから、しかたないよな。残業代だけで、住宅ローンくらい払えるんじゃないか」

年に千二百時間なら、残業の割り増し手当を考えれば、それもあたりまえだった。谷岡は顔を暗くした。

「その話はやめてくれ。店長は幹部ということで、残業代はつかないんだ。平のころと年収でいったら、ほとんど変わらない」

おれは開いた口がふさがらなかった。ベターデイズはフリーターにだけ厳しいのではなかった。自分のところの社員にも同じように厳しいのだ。

「そうか、わかったよ。気の毒にな」

このいつも疲れた店長もフリーターとは別な形の罠にはまっているのだった。


おれたちはいつも押すボタンを間違えてしまう。だから、求める反応がきちんと得られないのだ。ブロック長の倉敷をつついたら、すぐに結果がでたのだから、ある意味世のなかというのはわかりやすいものだ。

ブロック長と建設的な意見を交換した翌日のことだった。おれはショルダーバッグをさげて、池袋大橋の近くの狭い路地を歩いていた。時刻はもうすぐ六時で、冬の空は暗くなっている。街灯がとぎれた暗がりで、おれの横手から冷たい風が吹いてきたように感じた。

「マコトさん」

ゼブラの声だった。おれはわけもわからずに腰を落とした。襲撃者は曲がり角でいきなりなぐりつけてきたのだ。目だし帽をかぶった背の高い男。おれは腰を沈めたまま、やつの腹に頭突きをくらわせた。男が腹を押さえたところで、見えない角度からとんでもない速度のパンチがやってきた。男のあごの先をかすめて、指をはじくような鋭い音を残す。

目だし帽のガキは糸の切れた人形のようにすとんと、アスファルトのうえに正座した。すでに意識はない。こんなことのできるのは、池袋の街にひとりしかいなかった。おれは振りむいていった。

「なんだ、タカシもボディガードにきたのか。よほどこの街のキングもひまなんだな」

タカシは鼻で笑っていった。

「誓ってもいいが、今日が初めての出動だ。おれにはちょうどいいタイミングでトラブルにぶちあたる運があるんだな。いい肩慣らしになった」

目だし帽のガキがふたりに、フルフェイスのヘルメットがひとり。Gボーイズの精鋭に地面に転がされ、腕をうしろで縛られている。例のプラスチックのワンタッチ拘束コードだ。マスクをとって顔を見ると、そのうちのひとりは豊洲の倉庫でいっしょになったフリーターのひとりだった。おれはやつらの財布を探った。みな同じベターデイズの登録カードをもっている。

おれはさも慣れているという調子でいった。

「どうする、タカシ。おれたちの顔をこいつらに見られてしまった。どこか、山のなかに埋めてくるか」

タカシは役者だ。携帯を抜いて、手首のスイングでぱちりとフラップを開いた。

「今、クルマを呼ぶ。しかたないな、ついてないやつはとことんついてない」

まだ意識のあるふたりが目に見えて身体を震わせ始めた。

「すみません。お願いですから、助けてください」

そういった小太りのガキの横にしゃがみこんだ。

「誰に頼まれた」

やつはよだれを垂らしながらいった。

「ほんとに助けてくれるんですか」

タカシの声はできたてのアイスキューブより鋭い。

「おまえたちが真実を話せばな。おれたちはカードをもらった。嘘をいえば、あとで追っ手をかける。池袋のGボーイズはしってるな」

悪い噂ならこの街で星の数ほど流れていることだろう。おれはいった。

「誰に頼まれた」

「ブロック長の倉敷さん」

あの教官顔が浮かんだ。抵抗するものは力でたたき潰す。あの男ならやりかねない。

「報酬はいくらだ」

「もらっていません」

おれはガキの髪をつかんだ。こちらに目をむけさせる。

「そんなはずがないだろ」

「でも、一円ももらってないんです。作業が楽な定番の仕事につけてやるっていわれて」

定番は同じ仕事場にレギュラーで派遣されることだった。仕事はいろいろだから、身体がきつくない単純作業もあるのだろう。自分では一円の身銭も切らずに、この貧しいガキをつかい、組合員を襲わせたのだ。最低のケチ男。

「これまでの襲撃もおまえたちがやったのか」

ガキは目を伏せた。こたえはきかなくてもわかった。タカシがいった。

「こいつら、どうする」

おれは自分の携帯を抜きながらいった。

「拘束していてくれ。おれは雇い主に話をする」

メルセデスのＲＶがバックで狭い路地にはいってきた。Ｇボーイズは荷物でも積むように身動きのできない三人を押しこんでいく。最後にゼブラとタカシものりこんだ。タカシは閉まる寸前のドアからいった。

「こいつらはしばらく預かっておく。あとでどうしたらいいか、連絡しろ」

おれはさよならの手を振って、スモークフィルムでなかの見えないＲＶを見送った。


モエとは三十分後にウエストゲートパークのむかいにあるプロントで会うことにした。おれは先にカフェにいき、何度も今回の事件を考え直した。とりあえず組合員襲撃については解決した。だが、まるで手ごたえがないし、気分もすっきりしないのだ。

黒いメイド服がおれのテーブルのむかいに立った。

「ところで、そういう服はどこで買うんだ」

冷静なユニオン代表はあっさりといった。

「専門店があるの」

「やっぱり秋葉原とか」

「いいえ、東京の繁華街なら、どこにでも。今ではこういうフレンチメイドスタイルの服は、割と一般的なのよ。それより襲撃犯は？」

モエのカフェオレのカップの横に、三枚の登録カードをならべた。どれも池袋西口支店のものだ。

「おれを襲ったやつらのカードだ。指図していたのは、ブロック長の倉敷」

「あの、声のおおきな人ね」

特徴があるというのは覚えてもらうには便利だった。

「三人はタカシのところで拘束している。警察に突きだすこともできるし、自首もさせられるだろう。モエはどうすればいいと思う」

黒いメイド服の女はしばらく考えこんだ。

「そうなったら、三人は傷害犯になるの」

「そうだな。まあ、実際に何人もにけがを負わせているから。でも、刑は軽くてすむんじゃないか。実行犯ではあるけど、主犯ではないからな」

おれはあんなガキ三人のことなどどうでもよかった。

「おれは気になってることがあるんだ。きっと今回の事件が世のなかに流れても、ブロック長ひとりの暴走ということで、ちょっと騒がれておしまいだろう。でも、それじゃあ、サトシみたいなやつらにはまったく影響がない。今、問題にしなければいけないのは、やりたい放題の派遣業者だと思うんだけど」

　モエはじっと自分の内側を探るような目をしていた。

「それならただの刑事事件ではなくて、あの会社がやっている違法行為を証明しなくちゃいけないわ。それはたいへんなことよ」

　おれは足をひきずりながらタクシーにのりこんだ青木の顔を思いだした。あの場所で別れたまま、今どうしているのかもしらない。だが、あのガキのためにもなにかできることがあるはずなのだ。

「このまえ、港湾や建設の現場への派遣は禁じられているっていってたよな」

　モエはうなずいた。カチューシャについているフリルがやわらかに揺れる。

「ええ。派遣法で禁止されているのは、あと二重派遣とか」

「ベターデイズの違法行為を証明するには、どうしたらいいんだ」

　ふうとため息をついて、組合代表はいった。

「やはり内部告発しかないわ。事情をよくしっている内部の人間が資料をもちだして、関係省庁に訴える。それがベターデイズのやり口を改めさせる一番いい方法だと思う」

「そうか」

　おれはコーヒーの香りのなか腕組みをした。内部告発が可能なら、派遣業界全体になにかインパクトを与えられるかもしれない。毎月百時間ずつ残業している池袋西口支店の店長は今ごろなにをしているだろうか。

　おれはさっそく電話してみることにした。

内勤の社員がでたので、谷岡店長に代わってもらった。またも疲れ切った声。

「どうしたんだ、真島くん」

おれは事実だけを伝えた。

「今日の夕方、池袋の路上で襲われました。襲撃犯は……」

おれは登録ナンバーを読んだ。

「I18367の田宮英次、I199334の島本健一郎、I20185の林弘明の三人です」

さすがに疲れた店長でも、声が裏返った。

「全員うちのメンバーじゃないか。いったいどういうことなんだ」

おれはいった。

「事実がしりたければ、すぐに会社をでてください。おれといっしょにいってもらいたい場所がある。こいつはほんとうに大切な問題なんです」

しばらく返事はなかった。店長はやはり疲れた声でいう。

「わかった。どこにいけばいいんだ」

おれはガラス窓のむこうのにぎわいに目をやった。冬でもたくさんのガキや会社員が円形広場に群れている。

「ウエストゲートパーク」

通話を切ろうとしたら、店長がいった。

「どうでもいいが、真島くん、きみはいったいどういう人なんだ」

おれにもこたえがわからなかった。なにもいえずに黙りこんで、最後に待っているとだけ伝えて電話を切った。


モエと谷岡店長とおれの三人は、夜になり静かになった噴水のまえで落ちあった。おれはモエを組合の代表だといって紹介した。谷岡はちらりと顔を見ると、すぐにモエから目をそらした。

「真島くん、いったいどういうことなのか、全部話してくれ」

おれは簡単にユニオンからの依頼と、襲撃犯の捜索について話した。これまでに四人の被害者がでていること。これは被害届けが警察に提出された正式な刑事事件であること。さすがに店長の顔色はさらに悪くなった。声はききとりにくいほどちいさくなる。

「襲撃させていたのは、ベターデイズ内部の人間なんだな」

おれはうなずいた。モエは平然としている。劇的効果を計算して、ゆっくりといった。

「ああ、主犯はブロック長の倉敷」

深く息を吐いて、谷岡はいった。

「……なんてことを」

おれは目に力をいれて、店長の顔を見つめた。ここが勝負どころだ。

「でも、おれたちとしては、襲撃事件を解決しただけでは、満足できないんだ。これからある施設につきあってくれないか」

施設という言葉で、ようやくモエも筋書きが読めてきたようだった。谷岡店長は曲がったネクタイでうなずいた。おれたちは劇場通りでタクシーにのって、南大塚にあるホームレスの自立支援施設にむかった。


サトシはもちろんまだベッドのなかだった。ひざを壊され、松葉杖が欠かせないのだ。谷岡はサトシのことを当然しっていた。

「柴山くん、しばらく見ないと思ったら、けがをしていたのか」

それからおれたちの視線に気づいたようだった。

「やはりきみも襲われたのか」

サトシはわけがわからないままうなずいた。おれはそっといった。

「今日、おまえを襲ったやつらをつかまえたよ。やらせていたのは、あの声のでかいブロック長だった。どうやらユニオンを毛嫌いしていたらしい。昔ながらの組合潰しってやつだ」

「そうだったんですか。やっぱり誰かが、ぼくたちを狙っていたんだ」

谷岡店長は素直だった。深々とサトシに頭をさげる。

「うちの社員がひどいことをしてしまった。柴山くん、すまない」

おれは声を抑えていった。

「このまま襲撃犯と倉敷を警察に突きだすのは簡単です。でも、それだけではなんの解決にもならないと思う。サトシ、あのノート、ちょっと貸してくれ」

サトシはベッドサイドから、ノートをさしだした。おれは受け取り、店長にわたしてやる。
「谷岡さんはいっていたよな。うちの仕事をしても、難民生活からは絶対に抜けられない。サトシは三年間がんばって、それでもこうしてひざを壊されるまでは、生活保護だって受けられなかった。自己責任だと切り捨てられて、つかい捨てにされる人間がどんな思いで働いてるか、ちょっと読んでもらえませんか」
谷岡はノートを開いた。おれはノートのなかを見る振りをして、店長の表情に集中していた。

あきらめない。あきらめたら、そこで終わりだ。

泣かない。泣いたら、人に同情されるだけだ。泣きたくなったら、笑う。

うらまない。人と自分をくらべない。どんなにちいさくてもいい。自分の幸福の形を探そう。

切れない。怒りを人にむけてはいけない。今のぼくの生活は、すべてぼくに責任がある。

それはシステムにつかい潰されていく若者の叫びだった。無限の自己責任を負わされ、安く便利にいれ替えられる働き手のひそかな声だった。この言葉に動かされないようなら、おれはあきらめようと思っていた。内部告発はボランティアだ。無理やりやらせることはできない。
「おれはベターデイズがもうすこしましになってくれたら、うれしいんだ。なにせ派遣業最大手で、年商五千億円もあるんだろ。業界に与えるインパクトだってでかいはずだ。それと同時に、サトシみたいな日雇い派遣の仕事が、もうすこし人間的になったら素晴らしいとも思う。人間が機械の部品のようにではなく、人間らしく働けたら、やっぱりいいもんな。おれは頭よくないから、グローバル化とか価格競争力とかよくわかんない。でも、今のまま誰も幸福になれない働きかたは絶対によくないよ」

谷岡店長の目に涙が光っていた。ページをめくり、つぎつぎとサトシの言葉を読んでいく。最後にいった。

「真島くん、ぼくになにをさせたいんだ」

おれはモエと目を見あわせた。うなずきあう。

「ベターデイズは派遣法で禁止されている港湾や建設現場への派遣をしていますね。二重派遣もしているはずです。谷岡店長が内側から、会社をよくしてくれませんか。内部告発してください。なんなら谷岡さんの存在は伏せてもらってかまわない。でも、極秘の資料をマスコミと関係省庁に送ってほしいんです」

モエがメイド服の頭をさげた。

「お嬢さん、やめてください。ほんとうにそれで、ベターデイズはよくなるんですか」

ユニオンの代表はいった。

「しばらくのあいだはたいへんな騒ぎになると思います。でも、そのあとのことは誰にもわかりません。会社をよくするのは谷岡さんのような人のひとりひとりの努力だと思います」

谷岡はしっかりとうなずいた。

「わかりました、お嬢さんがそういうなら、きっとそれがただしいんでしょう。これから会社にもどって、資料のコピーを一枚ＣＤ－Ｒに焼きます。そのままおわたししますから、ご自由につかってください」

モエがお嬢さん？　それは確かにおれに似てちょっと上品な顔をしているけど、なぜ、このメイド服がお嬢さんなんだろうか。おれはそれから二時間後、今回の事件でもっともおおきな驚きに出会うことになる。

おれとモエが谷岡店長からディスクを受けとったのは、夜十時すぎだった。これで今回の事件は解決にむかうだろう。真冬の夜で空気はひどく冷たかったけれど、おれの胸のなかは爽やかだった。

「ふう、身体はきつかったけど、これで全部終わりだな。おれはもう二度とネットカフェにはいかないと思う。リクライニングチェアにはこりごりだ」

モエはおれの冗談には笑わなかった。

「マコトさん、これからちょっとつきあってほしい場所があるんだけど」

夜のこの時間に若い女がつきあえという。やはりわかる女にはおれの魅力はちゃんと伝わるのだと思った。

「もうおしまいだから、別にいいけど」

モエは西口五差路の角でタクシーをとめた。先にのりこむと、運転手に告げた。

「六本木ヒルズ」

おれが一度だけ遊びにいって、迷子になったひどくすかしたショッピングセンターだった。当然、住人にはダチはいない。

「ヒルズになんの用があるの」

「これから起きることを話しておきたい人がいる」

おれはもういっぱいいっぱいだった。考えるのが面倒になり、タクシーの後部座席に背中を預けた。


タクシーはけやき坂の途中でとまった。ガラスのエレベーターをあがると、すぐ近くにレジデンス棟のガラス張りのエントランスが見えた。モエは慣れた手つきで部屋番号を入力した。ＣＣＤカメラにむかっていう。

「わたし、モエ」

ガラスの扉が静かに開いた。おれは美術館の展示室のようなエントランスをつま先で歩いた。どうも大理石張りの床に傷をつけてしまいそうでね。エレベーターの扉が開いたのは三十六階だった。モエは迷わずに内廊下をすすんでいく。えらく高級なホテルのようだ。

ドアは両開きだった。プレートにはＫＡＭＥＩのローマ字。おれは呆然としていた。そこはベターデイズの社長、亀井繁治の住まいなのだ。モエは右手をあげて、インターホンを鳴らすまえに、おれを振りむいた。

「うちのパパなの」

おれは衝撃でなにもいえなかった。電子音が鳴ると、ドアが開いた。むこうにいるのはほんものの中年のメイドだ。

「お嬢様、お帰りなさいませ。そちらはお友達のかたですか」

「ただいま、おけいさん。パパ、いるかな」

「はい、お風呂あがりでございますよ」

モエはメイドと話しながら、廊下を奥にすすんでいく。部屋のあちこちに亀のおきものが見えた。おれはモエの背中にいった。

「もしかしてネットカフェのタートルズって、モエのおやじさんの会社なのか」

「うん、そうみたい」

リビングの広さは五十畳ほどあるだろうか、バドミントンができそうな広さだ。パジャマのうえに肘の抜けた手編みのセーターを着こんだ男が、窓を背にして立っていた。六本木の夜景は確かに池袋よりも、ずっと美しいようだ。

「なんだモエ、いきなり。そちらの人はどなたかな」

テレビで見た広い額とヒゲだった。目元は親子でよく似ている。

「パパ、まだわたしが編んだセーター着てるんだ。明日から会社のほうが大騒ぎになるから、ちょっと話をしにきたの。こちらは今回の事件を解決してくれた真島誠さん」

モエはそれから池袋西口支店の組合メンバー襲撃事件を手短に説明した。倉敷の名前をきいて、亀井の顔色が変わった。

「あいつはそんなことをしでかしてたのか。しょうがない男だ。だが、組合などしょせん遊びだ。おまえもそろそろわたしのところにもどって、経営を勉強しなさい」

どうやらひとり娘のようだった。モエはひどくやさしい声でいった。

「パパがお金に復讐したい気もちはわかるわ。なくなったママに十分な医療を受けさせてあげられなかったんだものね。でも、今のパパは明らかにやりすぎていると思う。このままではママが名づけ親の会社がダメになってしまうよ」

ベターデイズという皮肉なネーミングは、本来は希望に満ちた名前だったのか。おれがあっけにとられていると、亀井社長がいった。

「なにをいってるんだ。ここまで成長したのは、わたしの経営手腕のおかげだ。人材派遣業はまだまだ伸びる。海外との競争はさらに厳しくなるだろう。どの会社もコストを抑えたくてしかたないんだからな。倉敷の事件は、あの男がひとりでやったことだろう。わたしはしらんし、そんなことは大勢に影響はない」

モエは負けていなかった。

「わたしは組合活動をすることで、外部からベターデイズの経営をチェックしているつもり。もうパパの会社はあちこちで問題を起こしているでしょう。それは自分でもよくわかってるはずよ」

亀井社長は黙りこんでしまった。モエはたたみかけた。

「わたしはベターデイズの株主のひとりとして、バランスシートをきちんと読んでる。無理な成長路線と多角化で負債が雪だるまだし、資金繰りだっていつショートしてもおかしくないでしょう。パパが個人保証をつけて銀行から借りいれたお金も数十億じゃきかないはずよ」

亀井社長がくたびれた顔をした。ソファにどさりと腰を落として、頭のうしろで両手を組んだ。

「だから、おまえはこっちで経営に加わればいいんだ。うちの専務たちより、ずっと能力はあるんだからな」

モエは淋しそうに笑った。

「もうなにをいっても平行線ね。今夜は、真島さんと警告にきたの。うちのユニオンはベターデイズの派遣法違反を証明する内部資料を手にいれた。もうすぐ関係省庁とマスコミに届くことになっています」

亀井社長はソファから跳びあがった。おれのほうをむいていう。

「モエのいってることはほんとうなのか」

しかたなくおれはいった。本来なら、あまり親子関係には立ちいりたくないのだが。

「はい、派遣法で禁止されている港湾と建設現場への派遣と二重派遣についての資料です」

モエの父親は頭をかきむしった。

「そんなことはどの派遣会社でもやってることだ」

「そうね。つぎの法改正ではどうなるかわからない。でも、今は明確な違法行為よ。ねえ、パパ、明日からベターデイズは嵐に巻きこまれることになる。たいへんなことだとは思うけど、もう一度生まれ変わるためのチャンスにしてほしいの。パパが本気で会社を更生させる気になったら、わたしも一生懸命お手伝いさせてもらいます」

モエは父親にむかって、頭をさげた。おれも軽く会釈しておく。おれたちが部屋をでるとき、さっきのメイドが紅茶をいれてきてくれた。メイドと亀井社長が、そろってちょっと待つようにといったが、モエの足はとまらなかった。


　したにおりるエレベーターのなかで、おれは質問した。

「なんで、あそこまでおやじさんと闘うんだ」

　モエはおれのほうを見ずにいった。

「ママと約束したから。ベターデイズはよりよい明日をつくり、人をしあわせにするための会社だった。最初は人材派遣業ではなかったの、パパとママがやってるちいさな衣料品の問屋でね。でも、ママが死んでからパパは変わった。金がすべて、力がすべて。今のベターデイズは誰もしあわせになんかしない会社。パパは今でも不安なんだと思う」

　あれだけの金をもって、こんなガラスの塔のうえに住んでいても、不安なのだろうか。日雇い派遣で働くフリーターも不安、年商五千億の会社の社長も不安では、おれたちの社会に安心できる人間などいなくなってしまう。

「なあ、内部告発はどんなインパクトになるのかな」

　モエが首をかしげた。

「何週間か、何カ月かの業務停止と業務の改善命令がでると思う。会社は潰れることはないけど、損害はおおきいんじゃないかな。一番マイナスなのはパパだと思うけど」

「どういう意味？」

まもなく地上だった。おれはごくりとつばをのんで、耳の違和感を治した。

「パパの財産はほとんどがベターデイズの株式だから。不祥事が起きれば株価は急落するでしょう。もしかしたら、何百億円の損害になるかも」

恐ろしいことをいうお嬢様だった。このユニオン代表はもしかしたらスーパーメイドなのかもしれない。

「ふーん、モエはそれでいいんだ」

エレベーターのドアが開いた。振りむいたモエの顔はいっぱいの笑みを浮かべている。

「それでもゼロになるわけじゃないし、いろいろなものを一度捨てないと、再チャレンジはできないでしょう。わたしにもよくわからないところはあるけど、きっとそれでいいんだよ。だってマコトさんもいっていたじゃない。みんなが人間らしく働けたら、素晴らしいなって。わたし、あの言葉をきいて、パパと正面から闘うことにしたんだよ」

自分でいっておいてなんだが、ときに言葉は思いもかけない遠くまで届くことがあるものだ。おれはそのとき、これからは言葉のつかいかたに注意しようと真剣に考えたのだった。


その後のベターデイズの騒動については、新聞の経済面を読んでる人なら、みなよくしっているだろう。派遣法違反の業務停止は一カ月で、株価はそのあいだに四分の一に急落している。亀井社長は代表権をもたない会長に退き、どこかの銀行から新たに社長が迎えられたという。そうそう、取締役に大株主がひとり増えたそうだ。今では亀井萌枝はコンプライアンス担当重役である。法令遵守と正社員および非正規のフリーターの労働環境改善を見ているそうだ。片腕として、あの支店長、谷岡がそばに控えているという。

仕事のお礼だといって、恵比寿にあるお城のような三ツ星レストランでご馳走されたが、おれにはそういう高級な味はよくわからなかった。恵比寿でやるならビールとフライドチキンで十分だ。

モエは会社ではスーツ姿だが、お忍びで池袋にくるときはやはりあの黒いメイド服だ。その格好ならおれもいっしょに遊べるから、趣味ではなかったゴスロリファッションもだんだん好きになってきた。

サトシはベターデイズ池袋西口支店で働き始めた。今度は夢の正社員としてだ。サトシとおれとメイド服のモエは、今でもいいトリオである。ソメイヨシノが咲く広場で、モエは巨大な企業を経営する苦労話をする。サトシはきちんと残業代をもらって働き、自分の部屋をもつよろこびを語る。遠く、劇場通りのＲＶには池袋のガキの王がいて、また面倒なストリートの裁きをくだしている。

御影石の石畳を転げるように駆けるのは、気の早いサクラの花びらだ。おれはいろんなやつの話をききながら、黒いタイツに包まれたモエの形のいいふくらはぎを眺めている。

おれには株はない。一生金もちにも、偉くもならないだろう。でも、それでいいと心から思えるのは、おれの仕事がほかの誰かさんでは不可能な仕事だとわかっているからだ。

あたたかな日ざしの落ちる春の午後、自分をかけがえのない存在だと信じながら、メイド服のスカートのしたのフリルの襞《ひだ》を数える時間は、なかなか素敵だ。

まあ、すべてがただのうぬぼれにすぎないとしてもね。

でも、そのくらいのうぬぼれでもなくちゃ、毎日きつい仕事なんてやってられないよな。

初出誌「オール讀物」
千川フォールアウト・マザー　二〇〇七年五月号
池袋クリンナップス　二〇〇七年八月号
定年ブルドッグ　二〇〇七年十一月号
非正規レジスタンス　二〇〇八年二月・三月号
＊「非正規レジスタンス」は「非正規難民レジスタンス」を
単行本化にあたり改題しました。

非正規《ひせいき》レジスタンス
——池袋《いけぶくろ》ウエストゲートパークⅧ

2008年7月30日　第1刷

著　者　石田衣良《いしだいら》
発行者　庄野音比古
発行所　株式会社　文藝春秋
東京都千代田区紀尾井町3-23
郵便番号　102-8008
電話（03）3265-1211
印刷　凸版印刷
製本　加藤製本
定価はカバーに表示してあります

ISBN978-4-16-327210-8

石田衣良の本

池袋ウエストゲートパーク

文藝春秋刊

刺す少年、消える少女、潰し合うギャング集団……命がけのストリートを軽やかに疾走する若者たちの現在を、クールに鮮烈に描く大人気シリーズの第一弾。表題作の他三篇収録

四六判・文春文庫

石田衣良の本

文藝春秋刊

骨音

池袋ウエストゲートパークⅢ

若者が熱狂する音楽に混入された不気味な音の正体は——バンドマンの〝音〟への偏執を描く表題作他、マコトの恋の行方を描いた「西ロミッドサマー狂乱《レイヴ》」を含むシリーズ第三弾

四六判・文春文庫

石田衣良の本

電子の星

池袋ウエストゲートパークⅣ

何者かに息子を殺害された老タクシー運転手の心の痛みが、ジャズの哀調にのって語られる作品など四篇を収録。光速の切れ味で描く新世代のミステリー。好評シリーズ第四弾

四六判・文春文庫

文藝春秋刊

石田衣良の本

反自殺クラブ

池袋ウエストゲートパークV

集団自殺を呼びかけるネットのクモ男、風俗スカウト事務所の集団レイプ事件、中国の死の工場を訴えるキャッチガール……ストリートの今を切り取る新世代の青春ミステリー第五弾

四六判・文春文庫

文藝春秋刊

石田衣良の本

灰色のピーターパン

池袋ウエストゲートパークⅥ

外国人と風俗店を追い出す〝池袋フェニックス計画〟に巻き込まれたマコト。官、民、極道からも頼られて……。池袋は安全で清潔なネバーランドになる!? 必読シリーズ第六弾

四六判

文藝春秋刊